Gaëlle Goulot

Les confessions d'une vendeuse en baskets

Roman

LE LYS BLEU
ÉDITIONS

ISBN : 979-10-377-5548-3

1
Comment (diable) en arrive-t-on à vouloir devenir vendeuse ?

Ceci devrait intéresser toutes les personnes qui se posent la fameuse question :

Mais comment, diable, peut-on avoir un jour envie de devenir vendeuse ?

(Pour plus de simplicité, je précise que je vais majoritairement employer le féminin pour désigner ce métier, étant donné que je suis moi-même une femme et que la plupart des personnes travaillant dans ce domaine sont également des femmes, même si ça dépend des enseignes, je vous l'accorde. Non, je vous vois venir, vous, avec vos hashtags de féministes extrémistes qui prônent la moustache sous les bras et sur les abricots, qui préconisent un périmètre de sécurité d'au moins trois mètres pour lutter contre les hommes trop polis qui disent « Bonjour » dans la rue et vos actions coup de poing, les seins à l'air et les tétons qui pointent, ce n'est pas misogyne. Je vais également parler davantage des vendeuses en prêt-à-porter, puisque cela reste pour le moment mon métier.)

Bien, ceci étant dit, si vous lisez ces quelques lignes et que vous êtes vous-même vendeuse (on n'oublie pas la parenthèse du haut, pour celles et ceux qui auraient sauté des lignes), vous avez forcément entendu au moins une fois, quand vous avez annoncé votre grand projet de vie à vos parents, amis, petits amis, chiens, chats et canards :

« Vendeuse ? Pourquoi ? Pourquoi tu tiens tant à gâcher ta vie ? »

Retenez bien cette question « Pourquoi tu tiens tant à gâcher ta vie ? », vous risquez de l'entendre plutôt deux fois qu'une. Et encore, si vous aviez annoncé que vous désiriez reprendre des études. (Imaginons Michelle, 27 ans, qui veut se lancer dans le e-commerce, un secteur en pleine expansion. Elle trouve une formation à 50 000 euros, et là, Michelle a une idée de génie : je vais devenir vendeuse pour payer cette fameuse formation). Mais non, vous n'êtes pas Michelle et vous avez décidé de faire cela à temps complet…

« À temps complet, ma chérie, tu es cinglée ! Mais que vont dire les voisins... »

Parce qu'avant tout, le plus important reste l'opinion des autres. Il est certain qu'une vendeuse n'a pas le même statut social qu'un médecin ou qu'un attaché de presse. Cela reste un métier comme un autre, non ? C'est ce que vous allez tenter d'expliquer à votre mère, père, sœur, grand-oncle et cousin germain, tous en train de faire une attaque après votre annonce fulgurante. Même Poupouille, le chat de la vieille du dessous, en crache des boules de poils.

Le soleil, qui s'était levé alors, se cache sous un voile épais de nuages noirs, les lapins retiennent leur respiration, les écureuils rentrent de peur dans leur cachette. L'araignée au plafond se tasse au fin fond de sa toile et… arrêtons là, cela devient un peu trop mélodramatique à mon goût. Avant de tenter de donner une explication qui ne sera, ma foi, pas vraiment écoutée ou comprise, et dont, en fin de compte, vous vous en foutez pas mal de la donner puisque c'est votre décision, que vous êtes majeur et vaccinée (j'en déduis que tu n'es pas vaccino sceptique et que tu as réussi à avoir un rendez-vous pour ta première, deuxième et troisième dose, cf. le contexte sanitaire du chapitre 7), donc en droit de faire le métier que vous voulez, il nous faut tenter d'expliquer pourquoi des humains somme toute normaux en sont arrivés à cette grande décision. Je pourrais vous dire qu'il est fabuleux d'imaginer la gloire qui rayonnerait autour de nous une fois à la tête de telle ou telle boutique, que dès l'âge de 5 cinq ans, certaines petites filles rêvent d'ores et déjà de vendre des chaussettes et des boxers, ou que, comme Odette, beaucoup sont persuadées que c'est un métier d'avenir qui ne demande pas trop d'effort. Alors oui, dans ce que je viens de dire, certaines se reconnaîtront sûrement. Et tant mieux qu'il y'ait des vocations, cela ne produira que des professionnelles des plus compétentes. Cependant, soyons honnête un instant voulez-vous. À moins de sortir d'une grande école de commerce, qui vous propulserait illico presto à un poste de grande importance sans passer par les petits échelons, il est rare d'aimer à 100 % tout de suite ce métier. Même l'étudiante en BTS MUC ou je ne sais quoi risque d'être déçue au premier abord. Alors comment, mais oui, comment mesdames, messieurs, décide-t-on d'entrer dans ce monde merveilleux du commerce ? Comment en vient-on à l'idée que cela sera le métier de notre vie ? Et bien....Précisons néanmoins que chaque personne étant unique, chaque personne a donc ses motivations propres. Celle de Michelle est différente que celle de Jocelyne qui est différente de celle de Lucienne qui est différente de celle de Laura qui est différente de celle de Pierre-Henry, (ça alors, un homme vendeur) et ainsi de suite. Plusieurs situations peuvent déclencher l'envie de faire ce beau métier :

— Prenons par exemple Henriette, qui a fait de brillantes études en Lettres Modernes, avec dans sa poche un beau doctorat de littérature comparée, dont sa thèse, *De l'impression d'enfance à l'expression adulte : l'enfance poétique comme modèle implicite d'une esthétique narrative moderne chez Pierre Loti, Marcel Proust, Colette, Virginia Woolf et Katherine Mansfield,* sous la direction de Mme Intel (c'est une vraie thèse je vous assure, j'ai fait quelques recherches. Nous saluerons donc la personne qui a réfléchi, passée une centaine de nuits blanches et bu je ne sais combien de café pour arriver à écrire la première ligne de sa thèse), a fait la fierté de ses parents et de son professeur accro aux tisanes et à son bichon Beethoven. Elle se voyait déjà faire une brillante carrière dans… à vrai dire elle ne savait pas trop dans quoi. Certes, Henriette est brillante, mais soit trop jeune, soit trop peu expérimentée. Sauf qu'Henriette commence à en avoir assez d'essuyer des refus, de se déplacer sans cesse à perpette les oies pour des entretiens qui n'aboutissent à rien. À s'entendre dire que son parcours est brillant mais insuffisant. Qu'elle a eu la chance de rentrer dans une grande école de renom dont ses arrières-arrières-arrières-arrière-petits-enfants en entendront parlé. Cependant, Henriette passe souvent devant des boutiques dans lesquelles elle voit des jeunes de son âge travailler, avec à leurs pieds les dernières baskets à la mode ou le t-shirt trop tendance que tout le monde porte parce que la super it-girl du moment l'a posté sur Instagram. Et là Henriette se dit « Mais pourquoi pas moi ? » Et bim, voici notre Henriette, rentrant chez elle, téléchargeant la meilleure application de mise en page de CV, et passant toute la nuit à produire la meilleure version de celui-ci avec sa machine à café à côté pour ne pas flancher. Dès le lendemain, on la retrouve CV en main, prête à devenir la meilleure des vendeuses, son doctorat derrière elle. Et au final, il faut bien dire que même si Henriette ne se voyait pas dans ce secteur, elle y prend peu à peu goût.

— Nous avons aussi le cas de Michelle, évoquée plus haut, qui subitement décide de tout plaquer pour faire cette magnifique formation dans le e-commerce, ce fameux secteur en pleine expansion. Bravant toutes les épreuves, se levant fièrement devant l'indignation de son mari qui comprend tout de suite que Michelle n'aura plus le temps de lui préparer tous les soirs son fameux plateau télé préféré, sa petite tisane à la camomille dans son mug Mr Parfait, ses chaussettes et ses boxers du matin, devant l'incompréhension de ses copines de Pilate qui ne conçoivent pas qu'on puisse avoir envie de faire autre chose que de se lever le matin pour prendre son café, aller à son rendez-vous manucure puis coiffure, aller déjeuner avec lesdites copines, passer l'après-midi à faire du shopping en se délectant de son café au lait de soja saveur noisette pour enfin rentrer se reposer de cette journée si épuisante, et le flegmatisme de sa petite chatte Gudule (qui, il faut bien l'admettre, ne porte aucune importance à la situation, du moment qu'elle a ses croquettes au thon et sa souris en plastique), elle apporte dignement son contrat CDI temps partiel 15 heures (ou 20 heures, elle n'avait pas tout compris avec cette histoire d'heures complémentaires et de 1/3 de la durée hebdomadaire de travail ou quelque chose de ce genre.) Et la voilà partie pour une belle aventure. Avec 90 % de chance qu'elle arrête sa formation en cours de route pour se donner corps et âme à son nouveau métier. Bien que, évidemment, cette formation reste une opportunité incroyable pour elle de recommencer une nouvelle vie. Avec 90 % de risque que celle-ci débouche sur un CDD précaire dans une entreprise plus que douteuse.

— En troisième exemple, nous pouvons trouver Lisette, qui a arrêté l'école à 16 ans pour diverses raisons. Fameuse Lisette. Jolie jeune femme, fougueuse et tenace. Je ne sais pas si elle aurait voulu que je vous le dise, mais Lisette avait décidé de suivre Jean-Christian, un étudiant en psychologie canine trop stylé parce qu'il avait un téléphone à clapet, mais qui a finalement décidé de la laisser tomber pour une étudiante en gestion et technologie de l'industrie du bowling trop stylée parce qu'elle avait une trottinette électrique. Alors là, cœur brisé en mille morceaux, torrent de larmes à volonté, appels de 8 heures à 23 heures à la meilleure amie, et pot de pâte à tartiner célèbre (attention à l'huile de palme) en libre-service sous le lit. Avec chocolat chaud et brioches. Par réaction et après moult réflexions très poussées, Lisette a voulu quitter le système scolaire malgré les remontrances de sa mère pour qui le minimum syndical est que sa fille obtienne un bac + 24 ou rien.

Eh bien ce sera rien. 0.

Enfin si, le brevet des collèges.

Avec sa persévérance légendaire, elle finit par trouver quelques stages en magasin pour obtenir, à ses 18 ans, son premier CDD renouvelable. Qui sera renouvelé, encore et encore. Jusqu'à la signature, oh combien attendue et méritée, de son glorieux CDI. On la retrouvera quelques années plus tard responsable de son premier magasin, engageant à son tour de jeunes filles un peu perdues en quête de soutien après une rupture douloureuse. Et une indigestion de pâte à tartiner (prenez sans huile de palme).

— Vous pouvez aussi rencontrer Pierre-Henry, étudiant en BTS MUC en alternance dans un magasin trop Waouh de Paris. T'emballe pas trop Pierre-Henry, tu es juste à Châtelet-les-Halles, entre l'odeur du métro et celle de la transpiration pestilentielle ambiante. Alors redescends d'un étage, veux-tu. Mais après tout, Pierre-Henry n'en a que faire, il adore son travail, sa responsable et son équipe. Il adore être dans son 17 m2 sans toilettes ni machine à laver, se réveiller tous les matins par le bruit des voitures, manger son bol de céréales sur ses genoux entre le frigo et le lit, prendre le métro à 8 h 47 pour rentrer à 23 h 20 après un hamburger végan et trois pina colada. Il est tellement content qu'il fait toutes les heures supplémentaires qu'il peut. Elles ne seront jamais payées ou rattrapées ? Peu importe. Il est content et le revendique. Il aime montrer à tout le monde à quel point il est disponible. C'est souvent lui qu'on appelle à midi parce que l'intérimaire nous a plantés mais qu'on a besoin de quelqu'un en toute urgence pour le rush de l'après-midi. Ou qui doit se déplacer sur ses jours de repos parce que, bizarrement, personne d'autre ne répond. C'est ça, Pierre-Henry. Un parisien pur souche qui fait un métier magnifique et qui, pour rien au monde, ne changerait son mode de vie. Un féru de mode qui n'hésite pas à mixer les imprimés floraux avec les rayures, à porter des derbies vernis avec des chaussettes orange. Alors, certes Pierre-Henry se fait un peu marcher sur les pieds par la hiérarchie mais qu'importe, dans dix ans il aura surpassé tout le monde.

— Et je pense que nous pouvons donner un dernier cas, Kimberly. Cette charmante jeune fille pour qui devenir vendeuse a toujours été le rêve ultime de sa vie. Point d'envie de mariage mirobolant, d'avoir son BAC mention très bien ou de partir au fin fond de l'Alaska en mission humanitaire. Non. Ce qu'elle désirait le plus : être à la tête de son propre magasin. Et pourquoi pas, plus tard, de plusieurs magasins ? Depuis toute petite déjà elle revendait ses habits à ses copines et jouait à la conseillère en image (chaque vendeuse est une conseillère en image en sommeil bien sûr). Chaque sortie au centre commercial était une bénédiction. Elle pouvait alors faire exploser tout son talent en réaménageant les pliés sur les tables des magasins ou en proposant de nouvelles associations sur les portants. Nous pouvons imaginer Kimberly comme une jolie blonde à la chevelure impeccable, aux ongles toujours niquel, qui connaît toutes les astuces du moment pour être parfaite du lever au coucher. Après tout, elle collectionne les meilleurs exemplaires de la presse féminine, il faut bien que cela serve à quelque chose. Elle a donc commencé en bas de l'échelle, en tant que vendeuse temps partiel, dans une de ces boutiques où elle vagabondait enfant, avec cette responsable à qui elle avait confié ses plus grands malheurs. Puis elle a appris, et appris, et appris. Sans jamais rien lâcher. Une fois son CDI temps complet en poche, elle s'est donné tous les moyens possibles. Toujours avec droiture et la même envie du début. Et je peux vous promettre que nous la retrouverons dans quelques années responsable de tout un réseau de magasins, et formatrice experte.

Alors toi, chère lectrice et cher lecteur du métier ? Tu es plutôt une Henriette, une Michelle, une Listte, un Pierre-Henry ou une Kimberly ? Ou un profil complètement différent ?

Pour ma part, je suis un peu une Henriette mais sans doctorat en poche (juste une licence mais c'est déjà bien) et un peu une Kimberly (qui a découvert, une fois dans le métier, qu'on pouvait y faire une carrière plutôt sympa, même si ce n'est pas non plus le rêve ultime de ma vie. Le mien serait plus de posséder une grande maison avec un jardin encore plus grand, pour y mettre dedans 11 chiens, 9 chats, 15 poules, 4 lapins, 2 chèvres, 14 pigeons, 1 âne, 2 lièvres et peut-être un lama. Avec une grande piscine, une salle de cinéma, une chambre de 30 m2 et un dressing de minimum 90 m2).

Bien sûr, ces quelques cas évoqués ne sont pas généraux. Chacun a ses motivations propres. Mais est-ce que comme moi vous avez remarqué quelque chose ? Quelque chose de beau dans ce métier ? Non ? Cherchez encore un peu… Ah c'est bon, vous avez trouvé. Ce qu'il y'a de beau dans ce métier, c'est que vous pouvez y accéder relativement facilement. Que vous soyez une étudiante fauchée ou une mère de famille de 40 ans en besoin de travail, il y'aura probablement un poste pour vous quelque part. D'une certaine manière c'est assez rassurant. On a tous besoin d'une bouée de sauvetage dans la vie.

Et si on allait prendre des nouvelles de Poupouille, le chat de la vieille du dessous ? Tu l'avais convié lui et sa maîtresse pour l'annonce de ta nouvelle dévastatrice. (Comme tu as pu le voir, je préfère te tutoyer, après tout, je vais quand même te donner des anecdotes personnelles ou de gens que j'ai côtoyés, autant marquer tout de suite une certaine proximité. Même si par moment je reprendrais le vous pour parler à la communauté. De lecteurs bien évidemment, pas celle de Frodon et Legolas). Les petits-fours sont prêts sur la table depuis l'arrivée de toute ta petite famille, à côté de la bougie à la cannelle et de l'orchidée de mamie. Je ne sais pas vous mais j'ai toujours aimé les orchidées.

Enfin, passons.

Même si ce cher Poupouille et l'araignée du plafond se sont remis progressivement de ton annonce, ce n'est pas le cas de tout le monde, notamment de ta mère qui te regarde toujours avec cet air ambigu, à mi-chemin entre l'envie de sauter par la fenêtre pour aller se cacher dans le jardin du voisin et de serrer fort ton petit cou fragile entre ses doigts jusqu'à ce que tu admettes que tout ça n'est évidemment et ne peut être qu'une blague. Tu cherches désespérément un peu de soutien à droite et à gauche. C'est étrange mais tu as l'impression que tout le monde te fuit du regard, même le cousin germain de la tante par alliance mariée à l'oncle paternel de la voisine de ton arrière-grand-père paternel. Que tu n'as jamais connu. Il n'a fait le déplacement que pour les petits-fours Il n'y a peut-être que la sœur de ta voisine qui tente une réconciliation :

« C'est cool ça, tu nous feras bénéficier de ta réduction ! Pour les fêtes c'est génial ! »

Les regards restent toujours froids. Tu entends même une mouche voler, puis se perdre dans la toile de l'araignée du plafond.

Je vais vous poser une question à vous tous, les mères, les pères, les frères, les sœurs, les cousins et autres : qu'est-ce que vous avez tant à reprocher à ce beau métier ? Si c'est à cause des salaires, des heures supplémentaires, des soldes et des clients à supporter, oui, je veux bien l'admettre, c’est un métier compliqué. Comme tant d’autres d’ailleurs. Mais est-ce plus dénigrant que de soigner le rhume de ce môme de 4 ans qui s’est promené en short en plein hiver ? Que de masser le pied de cette jeune fille qui n’est pas capable de faire plus de 7 min de trampoline sans tomber ? De préparer des pizzas toute la soirée dans une cuisine minuscule où tu n’emportes chez toi que les odeurs de mozzarella, roquefort, bacon ou saumon fumé ? Ou encore d’enlever les cors au pied de ce patient qui ne s’est pas lavé depuis une semaine ? Alors, pensons à tout le monde, à ces Henriette, Michelle, Lisette, Pierre-Henry et Kimberly qui veulent se lancer dans l’aventure de leur vie. Il est déjà complexe de prendre cette décision, avec les doutes et les interrogations que cela engendre. Oui, pendant une bonne partie de ta vie, il est vrai que tu vas devoir porter des kilos de cartons de vêtements, te lever à des heures pas possibles pour boucler ta vitrine et faire tes plannings, ramasser des cintres et nettoyer les cabines après le passage de clientes peu recommandables mais qu’importe, chaque métier, je le pense fortement, à sa part d’ombres et d’inconvénients alors, chers vendeuses et vendeurs du monde, il est temps de se lever face à ces attaques, ces dénigrements, cette foudre inacceptable ! Unissons-nous et revalorisons notre métier, et clamons haut et fort combien il est enrichissant et valorisant !

J’exagère peut-être un peu certes. Mais il faut bien défendre ce que nous aimons, sinon personne ne le fera à notre place.

Si ce que j'écris t'intéresse toujours un peu, tourne la page, on va voir maintenant ce qui se passe quand tu débutes dans le métier.

Et plein d'autres petites choses encore.

2
Quelques petites bizarreries (ou pas, cela dépend des gens) pendant tes premiers jours

Devenir vendeuse reste accessible à un nombre de profil infini. Que l'on ait 18 ans, 30 ans, 42 ans 1/2, que l'on soit femme au foyer, étudiante, éleveuse de chiens, secrétaire médicale, ancienne députée du petit village au fin fond de la campagne la plus rurale de France (si quelqu'un a un nom de village, qu'il n'hésite pas à le communiquer surtout), agent immobilier (Salut Stéphane. Non, pas Plaza, je ne suis pas encore assez connue quand même) ou encore sexeur de poussins, verbicruciste (je ne l'ai pas trouvé toute seule celui-là. D'ailleurs pour plus de mystère je vous laisse faire vos recherches vous-mêmes), testeur de toboggans ou nounou pour pandas, vous pouvez tous un jour déposer un CV dans un magasin de vêtements ou autre et décrocher un poste.

Je tiens à émettre un bémol : si lors de l'entretien vous n'avez pas un minimum de présentation, de vocabulaire et de civilités, ne rêvez pas, vous ne serez pas prise. Parce que je te vois venir, toi, derrière ton livre, qui te dis que ce métier est ouvert à tout le monde, mais vraiment à tout le monde, et là, tu balances un grand « C'est la porte ouverte à toutes les fenêtres ! » à ton poisson rouge qui te regarde effaré. Précision : si tu arrives en magasin, les cheveux ruisselant d'huile d'olive, le vernis écaillé à tous les doigts et vêtue d'un jogging remarquablement sali par ton chihuahua Barbie, je te rassure, ton CV ne sera même pas regardé. Si, autre exemple, tu arrives dans ta petite robe toute mimie et tes jolis petits escarpins bien vernis mais que ton CV et ta lettre de motivation possèdent des fautes d'orthographe dignes d'un élève de CE1, ne te voile pas la face non plus et ressors plutôt tes cahiers de leçon.

Tu vois ? Ce métier est accessible si bien sûr on s'en donne les moyens. Tu devrais aller rassurer ton poisson rouge, il avait l'air vraiment troublé tout à l'heure. Maintenant, laissez-moi vous faire part de petites bizarreries que nous rencontrerons tous peut-être un jour.

- La question qui va devenir la plus essentielle à ta vie : tes tenues de travail.

Une fois cette mise au point faite et ton contrat fraîchement signé, de grandes questions te turlupinent : mais que diable vais-je faire le premier jour ? Comment vont se comporter mes collègues ? Est-ce que j'aurais le droit de manger ma barre au chocolat à 16 heures ? Et la question la plus essentielle : comment s'habiller pour ces premiers jours de dur labeur ? Tu vas alors éplucher les feuilles de bon nombre de magazines pour trouver le look tendance du moment. Pour les lectrices plus modernes, vous regarderez pendant toute une journée les posts Instagram des blogueuses les plus trendy. Si vous remarquez que le pied-de-poule est à la mode, vous en mettrez. Si vous voyez que le léopard est à la mode, vous en mettrez. Avec un jean flare si Gwyneth Paltrow en porte. Ou une mini-jupe en cuir, repérée sur Emily Ratajkowski. (Aussi compliqué à écrire qu'à prononcer son nom dit donc.) Tu l'auras compris, tu vas essayer d'épater la galerie pour prouver que toi aussi, tu es tendance. Tu vas faire ça un mois, deux mois. Pour ensuite prendre le premier t-shirt et le premier jean qui te tombe sous la main, étant donné que, dorénavant, tu pars toujours au dernier moment. Tu n'as même plus le temps de regarder tes story Snapchat et TikTok. Et parce qu'aussi, il faut bien l'admettre, être au top du top vestimentairement parlant, même toi qui suis les meilleures blogueuses du monde, qui es abonnée à toutes les beauty box du moment, qui fais des cures de smoothie à base de choux frisés, de blettes, de céleri, d'herbe de blé et de beurre de cacahuète (cherchez l'intrus) pour rentrer dans du 34 alors que tu fais un grand 38 à vue de nez, même toi, tu ne peux pas être au top tout le temps. Alors, oui, il se peut que tu ne mettes pas correctement ton anticerne tous les jours, que ta robe ne soit pas citée dans l'article *comment s'habiller quand on est petite* de Cosmopolitain, que tu n'aies pas refait ta manucure. Ta responsable t'en fera certainement la remarque, pouvant même aller jusqu'à te prendre en entretien pour te rappeler qu'il est marqué noir sur blanc dans ton contrat que ta tenue doit être irréprochable. Néanmoins, même si ta tenue et ton aspect physique sont primordiaux (tu deviens une ambassadrice de la marque, ne l'oublies pas), tu dois rester toi-même. Je peux néanmoins admettre, ayant fait plusieurs enseignes de prêt-à-porter, qu'il est amusant de constater qu'à chaque changement de magasin, mon look a changé lui aussi, souvent de manière assez spectaculaire. J'ai eu trois expériences significatives : dans la mode féminine, dans une mode mixte haut de gamme et dans une mode plus streetwear. Niveau look, ça a donné à peu près ça :

— Un look assez fashion, féminin et tendance qui misait sur les associations décalées du moment et préconisées par la marque, du type robe-baskets-collants plumetis, ou encore superposition de 4 couches de haut parce que tu l'as vu dans le dernier book mis à disposition. Bref, un look moderne qui permet de laisser libre cours à sa créativité vestimentaire. Même si, j'ai pu le constater plusieurs fois, hélas, certains looks devaient être trop pointus pour être appréciés par le commun des mortels.

— Pour le deuxième type de magasin, je devais être impeccable, des cheveux en passant par le bout des ongles, et ce jusqu'aux talons de mes chaussures. Niveau look ce n'était pas très compliqué, nous avions tous un uniforme : jean brut, chemise blanche et blazer bleu marine. Pas très folichon je vous l'accorde. Du coup, je m'étais découvert une passion pour le maquillage on ne peut plus prononcé alors que jusqu'ici, j'étais une adepte du nude : teint parfait (même si je ne l'ai compris que plus tard, le contouring à la Kim K tous les jours c'est un petit peu trop quand même), yeux toujours colorés (mascara, fard à paupières jusqu'en haut des sourcils et tout le tintouin) et une bouche rouge, rouge, rouge. J'avoue, je me la pétais un peu. Mais bon, quand tu vends des vestes à 800 euros à des Russes qui portent sur eux l'équivalent de ton salaire, tu as envie de rentrer dans ce monde où les femmes se réveillent déjà brushinguées, n'écaillent pas leur vernis en faisant la vaisselle (on applaudira celles qui ont eu l'intelligence d'acheter un lave-vaisselle) et se donnent un air aussi aimable que les mannequins sur les catwalk. Malheureusement, la couche de maquillage que tu imposes à ta peau ne résiste que très peu à un samedi, quand tu dois courir dans tous les sens pour aller chercher les tailles de tes clients si patients et courtois. Et je te dis pas le budget en coton et démaquillant. Une vraie ruine.

— Ma dernière expérience a été une véritable révélation. Pour le look bien sûr, sinon en soi, pas tellement. Moi qui jusqu'alors ne comprenais pas que l'on puisse sortir en jean-baskets, voire pire, en sweat-baskets, cela est devenu mon véritable credo. Et vous savez quoi, maintenant j'adore ça. Me lever le matin, mettre le même jean que les deux derniers jours, prendre un T-shirt et se demander quelles baskets je vais bien pouvoir porter aujourd'hui. Est-ce que je vais rester dans le classique en mettant cette paire noire qui irait avec tout ? Ou celle de saison que j'ai achetée il y a une semaine mais que j'ai peur de porter à cause de leur matière en daim ? (très tendance l'automne dernier, le daim sur les baskets) Ou alors, comble de l'originalité, j'ose celle à carreaux rouges et lacets jaunes ? En gros, vous l'aurez compris, un look beaucoup plus simple que les deux précédents mais tellement confortable. Rien de mieux pour travailler. Quand je me suis rendu compte que, même pour un rendez-vous galant dans un restaurant chic avec mon chéri, je n'éprouvais aucune hésitation à enfiler mes baskets préférées, je me suis dit qu'il fallait que j'arrive à faire la part des choses. Mais après tout, je peux être aussi féminine en jean-baskets quand robe-talons. Tout est une question de goût. Et d'appréciation.

Ce n'est pas un manque de personnalité, au contraire, tu te dois de mettre en avant tes produits. Et pour les mettre en avant, tu te dois de les porter, de les palper, de t'en imprégner. Si tu ne les connais pas, tu ne peux pas les vendre, tu es d'accord avec moi ? Un cuisinier qui ne goûte pas ses plats n'est pas un bon cuisinier. Un agent immobilier qui ne visite pas ses maisons n'est pas un bon agent immobilier. Un coach de vie qui a foiré tous ses projets personnels n'est pas un bon coach de vie.

C'est pareil pour une vendeuse.

Tu t'apercevras, par la suite, qu'après t'avoir fait toutes les réflexions du monde sur ton choix d'orientation professionnelle, tes proches verront en toi l'incarnation idéale de la mode, de la tendance, du fashion. Ils te consulteront d'ailleurs plus que tu ne le crois pour des questions d'association de bottines chaussettes avec une robe ou de ce fameux jean mom repéré dans une vitrine. Ton look, c'est un peu comme ta marque de fabrique, ta signature, ton aire de jeux. Car même si tu changes vaguement de style en fonction des enseignes pour lesquelles tu travailles, tu y apporteras toujours ta patte, ce qui fera de toi quelqu'un d'unique. Mais toutes les vendeuses ne sont pas des pros dans leur domaine. Les cordonniers sont souvent les plus mal chaussés, non ? On a déjà vu des vendeuses remarquablement dégueulasses. Il faut dire ce qu'il en est. Si tu n'as pas la fibre de la mode ancrée en toi, tu ne vas pas faire des miracles sur tes looks et ceux de tes clients. C'est prouvé (j'ai les statistiques quelque part, je vous les montrerai plus tard, c'est un peu le bazar dans mon bureau). Cependant, tu peux arriver dans le métier sans cette fameuse fibre de la mode ancrée en toi pour mieux te révéler dans les mois à venir, devenant la vendeuse la plus trendy du magasin.

Tout ça pour dire que dorénavant la question de ton look va devenir aussi primordiale que celle de savoir si oui ou non Hermione Granger et Harry Potter vivent un amour contrarié depuis la fin de la parution du 7e tome. À vrai dire, c'est une des rares passions que tu vas pouvoir réellement partager avec tes collègues, débattant pendant des après-midi entiers de l'utilité des chaussettes de couleur ou des bienfaits de la superposition chemise-pull.

- La découverte de la réserve.

Une fois que tu as choisi ta tenue, tu te sens forte, tu te sens aussi belle qu'une miss fraîchement élue.

Bien.

Tu es toute jolie, toute pimpante et tu sens bon. Te voilà prête à affronter le monde !

Enfin, juste celui des vêtements.

Admettons que pour ton premier jour tu dois arriver vers midi. Tu es là à 11 h 30 bien sûr. Premier réflexe, tu te diriges vers la caisse :

« Bonjour, je suis Ornella, c'est mon premier jour aujourd'hui. »

En face de toi tu as, au choix, soit une jeune fille d'à peu près ton âge, soit une quarantenaire. Dans les deux cas, cette dernière te sort l'un de ses plus beaux sourires crispés pour te répondre :

« Ah c'est toi la petite dernière ! Bouge pas, je vais t'appeler Lucienne. »

Sur ce, elle te laisse en plan à côté de la caisse pour aller chercher Lucienne, la responsable, sans omettre d'être allée voir toute l'équipe pour te montrer de la tête avec un rictus qui se faisait passer pour amical. Enfin juste en apparence. Parce que tu le verras par la suite, le statut de petite nouvelle peut ne pas forcément être très agréable.

Quelques minutes après sort enfin la responsable, Lucienne. Ce qui est rassurant pour toi c'est que tu la connais, tu as passé ton entretien avec elle la semaine passée. Tu t'attends donc à avoir un soutien de taille de sa part. Elle te semble si rayonnante, si solaire, si aimable…

« Bonjour Ornella, on attendait ta venue avec impatience, tu sais ! Allez viens, je vais te montrer la réserve et les vestiaires. Suis-moi ».

Te voici entrant dans les backstage du magasin. C'est pas folichon non plus, mais tu te dis quand même que c'est quelque chose, d'entrer là-dedans.

« Alors voilà, on y est. Comme on avait eu l'entretien dans le magasin rue ******* c'est vrai que tu n'es jamais venue ici. C'est pas très grand mais au moins on a un espace pour manger, un micro-onde un frigo et des toilettes. Et juste là les casiers. Ils ne sont pas personnels, on est obligés de les partager puisque comme tu peux le constater nous n'avons pas assez de place pour en mettre d'autres. Là, tu as… »

Pendant son monologue, tu te rends peu à peu compte que tes premiers émerveillements commencent à tomber. Tu te mets à regarder la réserve et pendant un instant tu te demandes si tu ne vas pas partir en courant en criant de toutes tes forces, en t'arrachant les cheveux jusqu'au sang, en courant, vite, très vite.

Très très vite même.

Une petite inspection de la gestion de l'espace s'impose : la réserve n'est en fait qu'une seule et même pièce qui regroupe la réserve de vêtements à proprement parlé, le bureau de la responsable, l'espace casier coincé entre la porte d'entrée et l'espace cuisine assez écrasé, minuscule, étriqué, étroit, dérisoire, insignifiant, infinitésimale, minus, minime, succinct, quelconque, limite imperceptible. En un mot médiocre. Dans cet espace cuisine, on trouve quand même un frigo de la taille d'un Lilliputien, un micro-ondes relativement crasseux, un évier type calcaire et, comble du modernisme, une machine à café dernier cri. Tout au bout tu as les toilettes, assez rudimentaires, avec en face un lavabo dont il faut mieux oublier l'usage, à moins que tu ne veuilles choper le tétanos. Et puis un peu partout des cartons, des cintres, du mobilier, etc.

Tu imagines déjà tes pauses repas, recroquevillée dans un coin entre le mannequin cassé et le portant de vêtements, pendant que ta collègue finira la livraison du jour et que ta responsable analysera la part de marché des nouveaux pins reçus pour le Nouvel An et son évolution par rapport à l'année dernière, en prenant en compte des paramètres complexes tels que le nombre de jeunes de 20 à 25 ans dans notre clientèle, les dernières tendances en termes d'accessoires ou encore le sens du vent et la portée du soleil depuis la mise en place de ces fameux pins.

Ne t'inquiète pas, tu vas t'y faire rapidement. Tu te rendras vite compte de l'avantage que peut avoir ce type de réserve, ou espace de vie, comme tu préfères. Imagine un peu la promiscuité qui va se créer entre toi et tes nouvelles collègues ! La charmante intimité qui va croître peu à peu ! De toute façon vu que tu vas partager tes affaires avec l'une d'elles, tu vas être obligée de créer des liens. Forcément, ranger son sac à main entre son déodorant et sa boîte de Tampax, ça lie. Forcément.

Attends, tu veux dire quelque chose ? Oui toi là, la directrice du magasin du bout de la rue, entre l'épicier asiatique et le coiffeur pour chien. Je sens que tu as quelque chose à nous dire : toutes les réserves ne sont pas comme ça ? Bien sûr que non ! Ceci n'est qu'un exemple parmi tant d'autres. De manière générale, les espaces restent petits, mal agencés et avec peu de matériels, mais je sais qu'il en existe de toute sorte. Celle que je vous ai décrite plus haut est celle qui m'a marquée le plus, et je suis sûr que certaines d'entre vous se reconnaîtront dans cette expérience. N'est-ce pas Henriette ? Fait attention, ta chaise à l'air un peu bancale, tu risques de tomber dans le carton de cintres…

- La grande aventure des casiers.

Récapitulons : c'est ton premier jour, tu as choisi ta tenue, toute jolie, tu as fait la connaissance de l'équipe, tu as pu constater que la réserve et la salle de pause n'allaient pas être tes meilleures amies. Étape suivante : l'attribution d'un casier.

Pour cela, tout va dépendre du fonctionnement du magasin.

Trois possibilités :

— Comme pour Ornella, ce sont des casiers collectifs à cadenas à chiffres (parce qu'à clés ce sera beaucoup trop compliqué). Dans ce cas, conseil : retiens bien la combinaison pour ne pas être obligé d'appeler le vigile à chaque fois que ta colocataire est partie, pour qu'il casse ce foutu cadenas qui a changé tout seul sa combinaison… Si si je t'assure… Ah, c'était ton cadenas Jean-Philippe ? Ah mince, j'étais pourtant sûr de moi cette fois. C'est bon ça va, ça ne fait que 14 fois que ça arrive on va pas en faire tout un drame non plus.

— Deuxième possibilité : avoir ton casier personnel avec cadenas à clés. C'est quand même un petit barbant d'avoir toujours tes clés dans ton soutien-gorge quand tu n'as pas de poches ou de les accrocher à ton collier mais bon, tu dois faire avec.

Attention : si tu as une responsable très à cheval sur les processus et la sécurité (pour certaines et certains, les processus de leur magasin représentent une véritable raison de vivre), ferme bien ton casier, au risque de devoir chercher partout ton téléphone, que tu avais laissé dans ton casier, ouvert, pendant une semaine, alors qu'il était tranquillement dans le bureau de ta patronne pendant tout le temps de tes recherches, patronne qui voulait te donner une bonne leçon.

— Ou bien tu peux aussi avoir ton casier personnel que tu peux laisser ouvert à disposition de tout le monde puisque ta responsable se moque complètement des processus et de la sécurité. Ne viens quand même pas te plaindre si on t'a volé ton dernier mascara végan luttant pour le bien-être des Jack Russel à poils courts (vous en avez vu beaucoup vous des Jack Russel à poils longs ?), tu aurais dû faire attention.

Dans tous les cas, tu te rendras vite compte que ton casier va devenir ta deuxième maison : vêtements de rechange, trousse à maquillage, déodorants en veux-tu en voilà (oui on transpire beaucoup dans le milieu), chewing-gum à la menthe, bouteille d'eau, photos de tes chiens, capsules de café et réserve de gâteaux. En quelques mots, ton casier va ressembler à ton meilleur ami durant cette magnifique aventure.

- Un autre point essentiel… Les toilettes !

Attention stéréotype : les filles vont toujours aux toilettes. Souvent, pour certaines. (Si vous voulez contacter des associations, du type : stop aux stéréotypes machistes qui nuisent à la femme en donnant une image biaisée de leur rôle dans la société, société basée sur une distinction de genre façonnée par un pouvoir masculin qui, même dans la grammaire française, ose assujettir la femme à l'homme, distinction de genre complètement désuète en vue d'une société qui se modernise et qui admet que les différences biologiques homme/femme, ou ne devrais-je pas dire femme/homme sont dorénavant obsolètes et nuisibles à l'émergence du seul genre qui devrait exister, j'ai nommé, le seul, l'unique, le magnifique : le non-binarisme, le gender fluidisme, le transféminisme, le demigirlisme, le transmaculinisme, le bigenrisme, le polygenrisme, l'agenrisme, le neutrisme, le table-bassisme, le plaid-moumoutisme, le laissez-moi-tranquille-avec-vos-idées-chelouisme, n'hésitez pas à leur donner mon numéro lors de ma première séance de dédicace.)

La question des toilettes reste prépondérante tout au long de ta journée de travail. Quand tu viens d'arriver, tu n'oses même pas émettre une toute petite pensée qui te ferait demander la permission d'aller aux toilettes. Tu prends sur toi toute la première partie de ta journée pour qu'une fois ta pause arrivée, le moment de la libération soit enfin advenu.

« Ça va Micheline, tu as l'air toute chose à gigoter comme ça ? »

Forcément, au bout d'un moment, ça devient compliqué de refréner tes envies. Mais tu ne veux pas passer pour la casse-pipe de l'équipe, alors tu ne dis rien et tu souris.

À partir de quelques semaines, tu parviens enfin à demander une fois dans la journée la permission. Tu te rends alors vraiment compte du bonheur tout simple que peut procurer le fait d'aller aux toilettes. Oui, tu le scandes haut et fort, sans honte et libre, cela fait du bien d'aller aux toilettes ! (Pas trop fort quand même)

Petit à petit, à partir de ta première demande réussie, tu le feras de plus en plus. Une fois dans la matinée puis deux fois en fin de journée. Ou une fois toutes les deux heures. Ou une fois toutes les heures. Autant te dire que toutes tes tentatives n'aboutiront pas. Et non Luciette, toi la pro du papier toilette en tout genre, ta responsable ne voudra pas à chaque fois :

« Lucienne, désolée de te déranger mais il faudrait que j'aille aux toilettes. »

Imagine un peu la scène. Tu arrives gentiment, encore un peu gênée de faire ce genre de demande. Tu t'approches doucement, en évitant au passage deux ou trois clientes qui te demandent la différence entre le pied-de-poule et le pied-de-coq (d'habitude tu adores ce genre de question mais disons qu'à cet instant précis, ce n'est pas ta toute première priorité), en évitant aussi Géraldine d'un joli mouvement de hanches, qui arrivait pourtant vers toi d'un pas décidé, les bras remplis de jeans à plier (j'ai pas le temps vraiment, garde-les-moi ça sera pour une prochaine fois), en enjambant un gamin passionné par les petites nouettes des robes qui pendouillent nonchalamment sur un sol aussi poussiéreux que ces mains ne sont propres, en se cachant de Mme ******** qui vient tous les mardis pour te voir alors que tu ne comprends jamais rien de ce qu'elle te raconte. Après toutes ces péripéties, te voilà fin prête à affronter une nouvelle fois ta responsable pour cette question si vitale qui te brûle les lèvres.

« Ah non Ornella ma belle ça ne va pas être possible dans l'immédiat, attend encore un peu, il faut ranger par ordre alphabétique les pulls que nous avons reçus ce matin. »

Ou encore :

« Non Ornella, j'ai besoin de toi en caisse maintenant. »

Ou bien :

« Ah bah non, tu y es allée il y a trois heures déjà, tu patientes encore un peu s'il te plaît. »

Après ces refus, certains justifiés, d'autres non, s'offre à toi une nouvelle manière de procéder. Tu ne vas plus demander à tout va, tu vas ruser. On demande à aller dans la réserve pour aider à ranger, tu te proposes pour au passage faire un aller-retour express aux toilettes. Ta responsable est partie déjeuner dehors ? C'est le moment où jamais. Mireille a besoin du XS pour la dame là-bas qui fait du XL à vue de nez ? Pas de problème, tu vas le chercher sans oublier de faire ton petit pipi. On doit vérifier le stock de chaussettes rayées avec des étoiles roses ? Tu t'y colles. Tu auras compris le principe, tout devient bon pour aller dans cette foutue réserve. Et oui les filles, dans le métier, il faut savoir être inventive et surtout compter en grande partie sur soi.

Je vous ai ainsi présenté quelques petites expériences que je trouvais assez cocasses et dignes d'être partagées. Bien évidemment, vous trouverez toujours la vendeuse habillée de la tête aux pieds comme Kate Middleton (ou Rihanna dans ses bons jours, ça dépend) du lundi au dimanche, maîtrisant à la perfection l'art du contouring et de l'highlighter, marchant avec des talons de 15 cm de haut sans n'avoir jamais une seule ampoule et n'ayant jamais, mais vraiment jamais envie d'aller aux toilettes de toute la journée, trouvant la plus petite des réserves magnifique et le casier le plus miteux sublime. Oui, oui, ça existe. Cela s'appelle un robot. Tu sais, comme ceux qui présentent le JT au Japon. Alors même si ces anecdotes prêtent à sourire et peuvent consterner toutes jeunes lectrices rêvant de faire ce fabuleux métier (comme Kimberly, vous vous rappelez ?), cela fait partie des aléas de la vie. Et sincèrement, qu'est-ce qu'on s'ennuierait si tout était lisse, non ?

3
La vie en communauté quand on est entouré de cette espèce étrange et complexe : les femmes

Comme depuis le départ nous partons du postulat de base que la plupart des professionnels de la vente de prêt-à-porter sont des femmes, (ça fait sérieux comme première phrase, vous ne trouvez pas ?), il me faut mettre en avant un phénomène de société important qui existe depuis la nuit des temps : quand on est une femme, travailler avec d'autres femmes peut vite tourner à l'enfer.

Dans un monde idéal, toute l'équipe se retrouve le matin autour d'un café et de brioches au chocolat que Jocelyne aura préparées la veille avec amour, en veillant à ne pas mettre trop de sucre pour Fraise qui a du diabète, en écoutant Roberta parler de son dernier loulou qui vient juste de faire sa première crotte dans le jardin (son loulou c'est Kiki, son labrador de 4 ans un peu en retard sur la propreté), tout en attendant avec impatience le discours matinal de leur si chère et tendre Lucienne, leur responsable adorée qui les respecte et les aime tant. À la pause de midi, chacune raconte tour à tour son week-end, avec par exemple Kimberly qui est allée à Paris faire 7 heures de queue pour dédicacer le livre de son influenceuse préférée, Michelle qui explique le dernier devoir qu'elle a dû rendre (mais si vous vous rappelez, Michelle c'est la jeune mère de famille quarantenaire qui a décidé de faire une formation en e-commerce, ce secteur en pleine expansion) ou encore Lisette qui raconte comment elle a rencontré André-Robert, sa nouvelle conquête, après Eddy, largué il y a 3 semaines et 4 jours et Jean-Dylan, remercié quant à lui il y'a tout juste 1 semaine et 5 jours. Chaque petite anecdote est écoutée avec cordialité, ponctuée de temps en temps par un petit « oh », « hi hi hi », « mais non », « ah ah ah ah », « oh oh oh » tout à fait mignon et bien placé. (imaginez bien la scène, avec des tasses en porcelaine, des petits doigts levés, des mains posées devant la bouche pour donner l'illusion de cacher un petit rire et une licorne comme mascotte de l'équipe). Tout au long de la journée, l'entente est cordiale, l'entraide admirable et la bonne humeur au rendez-vous. Du matin au soir, pas un mot au-dessus de l'autre, tout n'est que calme, luxe et volupté (ça te rappelle tes cours de français n'est-ce pas, toi qui viens, au bout de la troisième relecture de phrase, d'apercevoir la citation). Et le lendemain, rebelote.

Dans la vraie vie, le scénario est peut-être un tout petit peu différent. La plus grosse différence reste bien évidemment que les licornes n'existent pas.

- Le statut très charmant et très facile de petite nouvelle (ou petit nouveau) que l'on adore.

Je l'avais évoqué succinctement plus haut avec Ornella à son arrivée du magasin. Quand tu es la petite nouvelle, tu deviens simplement la personne à abattre. Que je te rassure, un jour ou l'autre les filles commencent à comprendre que tu ne leur veux aucun mal et que tu es juste là pour faire ton travail du mieux que tu le peux. Juste comme elles.

Je vous vois venir, celles et ceux qui se reconnaissent, vous qui un jour dans votre vie avez tout fait pour pousser à bout cette pauvre petite, vous allez me dire que cela existe dans tout corps de métier. Je n'en doute pas, mais vu que depuis le début je parle du monde du prêt-à-porter, je ne vais pas subitement me mettre à philosopher sur la condition de vie des éleveuses d'escargots de Bourgogne.

Évidemment, certaines intégrations sont exemplaires, avec les « hi hi hi », les « oh oh oh » et les licornes. Tout dépend aussi de votre caractère et de celui de l'équipe (et de ce que vous mettez dans votre café du matin, pour les licornes). Il n'en demeure pas moins que certains points semblent se retrouver plus ou moins un peu partout (là encore ce n'est pas général ne l'oubliez pas, je sais très bien que toi, Virginie, tu accueilles les nouvelles comme personne, avec toute ta bonne humeur et ta jovialité).

Nous n'allons pas non plus faire une dissertation d'une cinquantaine de pages sur ce point précis. Cela reste assez simple : pour l'équipe, la nouvelle = incompétence = perte de temps = celle qu'on accuse de tout ce qui se passe mal en magasin (mais sans jamais trop la nommer directement).

Par exemple :

— Punaise mais regardez-moi ça ! Tous les antivols ont été mis à l'envers ! , ce qui signifie que c'est toi, la petite dernière qui a mal écouté et qui a tout fait de travers.

— Ah mais je comprends pas, moi quand je suis partie j'avais bien rangé par couleur les chaussures sur l'étagère, il faut demander à la personne qui a repris le poste après, dit Georgette qui sait pertinemment que c'est toi, Ornella, qui as repris le poste.

— Les poubelles n'ont pas été jetées, vous savez pourtant que c'est à l'équipe du soir de le faire ! Ben Ornella, on ne t'avait pas prévenu ? C'était à toi de le faire, pour la dernière fois, et l'avant-dernière fois aussi, et l'avant-avant-dernière fois. Et pour tous les jours depuis deux semaines en fait. Quand tu es du matin ? Ah bah tant pis, tu dois le faire aussi.

— Je ne comprends pas, depuis deux semaines la réserve est dans un état pas possible c'est à peine croyable. Non mais franchement, si vous ne savez pas ranger les t-shirts avec les t-shirts ne faites rien quoi, on est où là ? Je commence vraiment à en avoir ras le bol.

Tu entendras souvent ce genre de choses depuis ton arrivée puisque, bien évidemment, aucune des anciennes ne sauraient mettre le bordel dans leur réserve, non, non, non, elles ont bien trop de conscience professionnelle pour faire ce genre de chose. Ah mais que vois-je ? Florette vient de poser ce jean avec les chinos ? Tu le feras après ? Oui bien sûr. Comme tout le monde.

Ce ne sont que quelques exemples mais je pense que vous aurez compris le principe. La nouvelle a bon dos. Tu vas forcément faire des erreurs, il est vrai. Alors, pourquoi se priver de t'en coller quelques-unes de plus ? Après tout, ce n'est pas bien méchant. Et si, par la suite, tu as le malheur de faire correctement ton travail et d'être dans les bonnes grâces de ta responsable… Je n'ai qu'un conseil, tiens le coup. Tu verras, ça va leur passer te ne plus te dire bonjour quand tu arrives, de tout faire pour que tu passes tes pauses déjeuner seule et de te laisser toute la vaisselle de la semaine parce que non, elles n'ont pas le temps de la faire. Tu sentiras ce léger vent glacial si caractéristique d'une bonne entente flagrante et policée, le doux son des murmures à chacun de tes passages puis le silence quand tu te pointes nonchalamment devant elles. Il se peut aussi que pendant quelque temps, et si tu as le malheur de travailler sur une petite surface de vente (plus grande que 10 m^2 quand même, à mi-chemin entre le placard à balai d'Harry Potter et la villa de Johnny Depp dans le Var, si ça peut te donner une idée), tu auras l'occasion de passer des après-midi entières dans le calme le plus complet, sans échanger un seul mot avec ta collègue (ou ton collègue bien évidemment). Tu constateras par toi-même que passer pratiquement toute une journée en tête-à-tête avec quelqu'un qui ne t'adresse quasiment pas la parole c'est long, vraiment très long.

Mon Dieu, toi qui viens de signer ton CDD de remplacement pour les fêtes de Noël, tu te dis que ta vie va se transformer en véritable carnage pendant 3 mois ! Ton poisson rouge te regarde de nouveau effaré, toi qui de stupeur t'es levée d'un bond de ton canapé, t'es extirpée de tes plaids en moumoute pour montrer au monde, emmitouflée dans ta combinaison pyjama panda et tenant dans ta main droite ton chocolat chaud à la cannelle, toute ton indignation ! Calmez-vous un peu quand même, une fois la période d'intégration et d'adaptation passée, tes collègues peuvent devenir tes meilleures amies. Même si, pour ce faire, tu ne dois pas trop montrer ton ambition, ni que tu avais compris depuis 13h48 mardi dernier que ce pull bleu devait aller à côté de cette petite jupe plissée alors que Jocelyne beugue encore sur les directives de la responsable, même si tu viens de réaliser une vente à plus de 100 euros pour la troisième fois cette semaine alors que les autres peinent à faire des ventes qui dépassent les 20 euros, même si Lucienne t'a envoyé un SMS pour te proposer de prendre un café avec elle, même si tu connais sur le bout des doigts les nouveaux produits que vous allez recevoir. Ne montre surtout pas que tu as le portable d'Annie la RH paye, Basile le visuel merchandiser en chef ou encore Jean-Edouard, ton directeur régional. Non, non. Évite de montrer tout ça, si tu tiens à ce que cette apparente amicalité perdure. C'est qu'il n'est jamais très bon de montrer qu'on sait faire mieux que les autres. Je ne sais pas pourquoi, mais dans le prêt-à-porter, c'est exacerbé. Et si tu travailles dans un magasin où les membres de l'équipe perçoivent des commissions sur leurs ventes, tu peux être certain que les mots amitié et cordialité seront à jamais bannis du magasin.

(Précision : ne pensez pas que la situation est plus simple si vous avez des garçons dans votre équipe. Oh non, ne pensez surtout pas ça. Mais surtout pas. Étant donné que l'âge mental d'un homme de 25 ans est équivalant à celui d'un Yorkshire d'un an et 8 mois, je vous laisse imaginer ce que cela peut donner en magasin.)

En clair, si tu as bien tout compris de ce que j'ai essayé de t'expliquer, tout se passera bien si tu suis les règles établies avant ton arrivée (n'essaye surtout pas de changer les choses, cela se retournera toujours contre toi), si tu ne dis rien et si tu te mets en retrait pendant quelque temps. Il est amusant également de voir que quand tu es nouvelle, tout le monde observe comment tu te comportes avec tes clients. Que ce soit de ton accueil à ton encaissement, le moindre de tes gestes est passé au crible. Et malheur à toi si tu ne fais pas comme il faut

Tout ira pour le mieux le jour où ta responsable annoncera une nouvelle réjouissante, surtout pour toi : l'arrivée d'un autre membre de l'équipe. Tu l'attendais depuis tellement longtemps, cet instant où tout finirait, où les anciennes t'accepteront enfin dans leur groupe ! Oui parce que dans leur tête la dichotomie reste relativement simple : les anciennes d'un côté, les nouvelles de l'autre (ou les boss et les nuls, les sublimes et les pourries, les belles gosses et les têtes de c**, les on est trop douées et les laisse tomber leur parle pas). Alors quand un ou plusieurs nouveaux éléments arrivent, tu tends directement à aller vers leur groupe.

Ou pas.

En ton âme et conscience, tu sais néanmoins que tu as le choix. Un choix cornélien, cela va s'en dire. Tu peux soit obtenir la tranquillité tant désirée en te ralliant à tes bourreaux (en devenant ainsi toi-même bourreau), soit tu soutiens les nouveaux au détriment de ta santé mentale.

Toi la gentille petite fille qui lis dans ton beau lit à baldaquin, tu sembles te demander en ton for intérieur : comment peut-on envisager de devenir bourreau soi-même ?

La réponse n'est pas quand même pas si difficile à trouver. Imaginons Ornella. Elle a souffert pendant tant de jours, de semaines voire de mois ! Quand elle entraperçoit la fin de son calvaire, elle fonce, sans se poser de questions. D'une certaine manière, il est assez réjouissant de pouvoir à son tour faire subir à d'autres tout ce que l'on a vécu. C'est vicieux, je sais. Mais tellement humain. L'homme est un loup pour l'Homme, n'oublions pas. (L'Homme est un gros c****** plutôt). Et, au final, Ornella comme toutes les autres, n'attendait qu'une chose : de pouvoir être comme les anciennes. Un peu comme le syndrome de Stockholm. On s'y attache mine de rien, à ces filles qui nous ont fait la misère. On ose même penser en cachette au moment où il nous sera permis de faire de même. Et bien ton jour est arrivé. Tu ressens réellement le changement quand Lisette te sort un « Bonjour » suivi d'un grand sourire qui pour la première fois te paraît sincère, quand Henriette te prépare pour la première fois ton café au lait favori pour le boire avec elle, et quand, pour la première fois, tu peux toi aussi raconter ton week-end et être écoutée par toute l'équipe. Quand tu entends derrière toi une voix inconnue, encore fluette et toute timide demandant où sont les casiers et quand tu vois Michelle lui montrer d'un signe impersonnel de la main pour aussitôt se remettre à écouter avec passion ton histoire. Malgré toi, tu ne peux que sourire et te sentir bien, notamment lorsque les jours suivants, les anciennes, devenues tes égales, attendent avec impatience que tu leur expliques le déroulement de la journée parce qu'il faut bien l'admettre, elles n'ont strictement rien compris. Tu penses malgré tout de temps en temps à cette nouvelle, qui mange seule à midi et à qui personne n'adresse la parole sur la surface de vente. Ce tableau te renvoie directement à toi, qui a connu la même situation. Tu te poses alors des questions. Vas-tu laisser cette pauvre fille dans la solitude la plus complète ? La laisser se morfondre un peu plus chaque jour en raison de l'incompréhension totale de l'attitude de ses collègues et donc de toi-même ? Tu sais, c'est triste de manger tous les jours toute seule ou de ne pas participer aux conversations des autres. Mais la nouvelle aura toujours tort, quoiqu'il advienne. Elle va souffrir un peu et alors ? Tout le monde est passé par là. Une sorte de rite de passage qui permet une meilleure intégration. C'est aussi un peu ça, le monde du prêt-à-porter. Beaucoup d'orgueil et quelques coups bas.

Ne faites pas les mijaurées les filles, nous nous devons d'avouer ça au monde entier : on est mauvaise entre nous n'est-ce pas ? Mais on s'aime bien quand même.

La plupart du temps.

- Les histoires de filles, commérages et autres douceurs.

Partons du principe que maintenant ton intégration est finie et que tu connais tout le monde sur le bout des doigts, jusqu'à savoir que Michelle se lève tous les matins à 6 h 41 pour apercevoir furtivement son charmant voisin partir au travail. Tu vas progressivement comprendre que tout le monde connaît la vie de tout le monde, souvent de manière indirecte. L'être humain est de nature curieuse, particulièrement dans un groupe restreint qui se côtoie 5 jours sur 7, minimum 20 h par semaine alors que ton conjoint commence peu à peu à se transformer en colocataire (enfin ça, nous le verrons un peu plus tard). Alors oui tu vas me dire que cela montre une certaine convivialité, une certaine complicité. « Nous sommes une famille ! » scandent certaines et certains responsables relativement aveugles de ce qui se passe sous leurs yeux (ou bien complètement conscients mais qui relativement s'en fichent un peu. Beaucoup). Il faut savoir que forcément, travailler dans un magasin permet de créer des liens. Et les filles étant de vraies pipelettes, malheur à toi si tu confies un secret, même dérisoire, à l'une d'elles. Tu peux être sûr que tout le monde sera au courant dans l'heure qui suit. Pour peu qu'un débat s'en suive. Je devais évoquer ce point, même s'il n'est pas le plus intéressant, parce que mine de rien, si par moments cela peut être sympa de se dire que vos collègues vous apprécient tellement qu'ils parlent de vous même quand vous n'êtes pas là, c'est le plus souvent lassant.

Il faut savoir aussi qu'en règle générale, les choses ne sont pas dites directement à la personne concernée, qui plus est quand elle fait quelque chose qui n'a pas plu. Il est bien plus intéressant que celle-ci le découvre toute seule et beaucoup plus tard, ça aura le temps d'alimenter les conversations.

Prenons par exemple Ornella.

Ornella, qui, depuis plusieurs jours, remarque un amoncellement de vaisselle sale dans l'évier. Se sentant concernée par le bien-être de ses collègues et le nombre de bactéries qui s'amoncellent peu à peu entre ce bol blanc noirci par la moisissure et ce verre plein de sirop, elle s'empresse alors de demander à droite et à gauche :

« Dis-moi, tu as de la vaisselle dans l'évier ? Non ? Ah, Lisette, il est à toi ce bol ? Et toi Jocelyne ? Non plus ? Georgette ? »

Elle continue à aller voir tout le monde mais n'essuie que des refus.

« Mais à qui donc appartient cette vaisselle ? », se demande-t-elle avec insistance.

Alors, n'en pouvant plus de l'échec de son enquête infructueuse, elle s'en remet au pouvoir décisionnaire de sa responsable :

« Lucienne écoute, désolée de te déranger mais voilà, quelque chose me tracasse depuis mon arrivée, il y'a de la vaisselle dans un état pas possible dans l'évier, qui n'appartient à personne ! Je me suis dit que, étant donné que j'ai demandé à tout le monde et que tout le monde m'a répondu que non, rien ne leur appartenait, on pouvait peut-être s'en débarrasser ».

Un hochement de tête affirmatif finit de combler sa motivation et, armée d'un sac poubelle, elle jette un à un tout ce qui pullule depuis des semaines dans cet évier, fière d'avoir permis de redonner un brin d'éclat à l'espace cuisine.

Cela partait d'un bon sentiment non ? Malheureusement, Ornella en entend parler encore une semaine après, avec des : « Non mais tu te rends compte, de quel droit a-t-elle fait ça ? C'est n'importe quoi ! », « Elle décide toute seule c'est fou quand même ! ». Elle se rend compte que son message est mal passé. Et là, dans toute sa splendeur légendaire arrive Lisette en trombe, jetant à Ornella un regard aussi noir que celui que ton chien te lance quand tu veux le sortir alors que le vent souffle à 70 km/h et qu'il pleut tant que son petit ventre tout poilu sera tout mouillé (oui c'est fragile, ces petites bêtes), tu te dis qu'effectivement, il y'a un problème. Quand tu lui dis bonjour et qu'elle te répond de manière glaciale avec un sourire forcé, tu sens qu'il y'a un problème. Et quand tu t'aperçois qu'elle n'arrête pas de te regarder de manière insistante tout au long de la journée, tu dis que vraiment, il y'a un problème. Bien évidemment, quand tu lui avais demandé si quelque chose lui appartenait dans l'évier, tu aurais dû comprendre dans son non que bien sûr, cette petite tasse avec l'anse cassée et le pied fêlé lui appartenait, cadeau offert par la grand-tante de la cousine germaine de l'ancienne voisine de son ex-beau-frère de sa sœur aînée partie vivre en Alaska. Tu imagines la grande valeur sentimentale de cet objet si précieux. Et évidemment tu es la dernière au courant de la rancune que te porte Lisette. Rancune que t'a d'ailleurs confirmé Jocelyne par l'intermédiaire de Paul-Henry (coucou toi, on t'avait presque oublié).

Trois semaines après les faits.

Autre exemple, les potins, qui sont tellement nombreux, quasi quotidiens. Et qu'on aime bien se raconter à côté de la caisse devant les clients qui écoutent nonchalamment. Mais que ça dérange quand même parce qu'ils se disent que, dans ces moments-là, on est vraiment payés à ne rien faire.

Levez la main celles et ceux qui ont au moins une fois au cours de leur carrière ignoré une cliente pour écouter la fin de l'histoire de Roberta et de Kiki son labrador, ou bien celle de Jean-Eude qui, surfant sur la vague et se libérant du carcan du genre, véritable construction sociale dévastatrice, se déclare tout à coup se sentir plus table qu'homme. Mais plus table basse que table à manger, avec un plateau en verre et des pieds noirs. C'est plus tendance.

Les potins et les commérages ont un rôle central dans la vie du magasin. Non je n'exagère pas. Une journée sans potins n'est pas une bonne journée. Une journée sans petits tacles lancés à droite et à gauche sur Kimberly qui n'est pas là aujourd'hui n'est pas une bonne journée. Tout cela donne un certain rythme.

Le schéma reste souvent le même : Kimberly va confier quelque chose à Jocelyne qui va le répéter à Henriette en donnant son propre avis, qui va de sitôt aller voir Lisette et Michelle qui, elles-mêmes vont s'empresser d'en parler à Ornella. Et, comme pour l'histoire de la vaisselle jetée, Kimberly va s'en apercevoir plusieurs jours plus tard, quand Roberta évoquera le sujet de manière totalement innocente devant elle.

Quoi que tu fasses, tu seras au moins une fois la cible d'un de ces commérages, même si tu fais tout pour être d'une transparence exemplaire, sans trop en dévoiler non plus sur ta propre vie sinon tout le monde saura que tu mets tous les jours du rembourrage dans ton soutien-gorge (non là ce n'est pas du vécu, c'est purement imaginé). Cette semaine c'est Ornella qui en sera l'acteur principal. La semaine dernière c'était Lucienne (et oui, les responsables ne sont pas épargnées pas ces commérages, bien au contraire, tu te retrouves souvent au centre des conversations Lucienne, même si personne ne te dira jamais rien en face, même la fois où tout le monde a crié au scandale sur WhatsApp, dans le groupe spécialement créé pour ce genre de situation, lorsque tu as fait pleurer l'intérimaire), la semaine d'avant, c'était Michelle. Pour la semaine prochaine, ce sera sûrement Lisette, elle paraît bien trop gentille en ce moment, tout ça est très louche. Rassure-toi, dans ce domaine, tout le monde est logé à la même enseigne. Tu pourras être tour à tour la cible des potins, l'instigateur ou juste quelqu'un qui les écoute. Il suffit pour cela que tu aies mis un haut orange alors que tu avais pourtant juré la semaine dernière que tu détestais cette couleur ou bien que tu aies décidé subitement de ne manger que du seitan et du soja. Tout est sujet aux commérages. Même ton soutien ou non aux gilets jaunes y passe (pas ceux qui mettent un gilet jaune pour signaler un accident, les autres, ceux qui font des barbecues au rond-point tous les samedis. Enfin qui faisaient, ils sont has been maintenant. Ou bien ils l'ont toujours été mais ils viennent simplement de le comprendre. Quoique, en ce moment ils seraient peut-être bien utiles, finalement. Le plein à 400 euros ça commence à bien faire), comme ta nouvelle passion pour l'étude de la pollution spatiale (ben oui, tu croyais quand même pas que l'humanité allait se résoudre à ne polluer que la planète) ou ton envie soudaine de secourir les koalas en Australie. Par contre ton militantisme pour inciter tes collègues à manger davantage local et de la viande de bonne qualité, ça, tout le monde s'en fout. Il ne faut pas pousser le bouchon trop loin non plus, acheter des haricots verts déjà éboutés en provenance du Kenya c'est quand même mieux que d'acheter ceux récoltés à la main par l'agriculteur du coin. Les gestes et les paroles de tout le monde sont épiés et scrutés par tout le monde. Méfie-toi cependant. Ce n'est pas celle qui semble la plus peste qui l'est réellement. On a toujours dans nos équipes quelqu'un de plus discret que les autres à qui tout le monde parle sans vraiment s'en rendre compte. Eh bien ne t'inquiète pas, elle en connaît plus sur ta propre vie que toi, elle connaît d'ailleurs la vie de chaque membre de l'équipe, si bien qu'elle est souvent la source de bien des potins.

C'est un peu ça aussi, la vie en communauté non ?

• Quelque chose que l'on croit acquis depuis sa plus tendre enfance mais qui pose encore débat : la propreté.

Vous vous demandez sûrement où je veux en venir, vous tous. Partant du principe que nous parlons d'équipe à 99,99 % féminine, cela ne devrait même pas effleurer mon esprit de faire un point sur cela. Et pourtant, si vous saviez. Mais pour ce petit point, nous allons inclure les hommes travaillant dans le prêt-à-porter. Et oui, tout le monde est logé à la même enseigne.

Ne vous inquiétez pas, chers lectrices et lecteurs, je ne vais pas m'attarder très longtemps sur le sujet. Je veux juste mettre en avant quelques petites situations qui peuvent être désobligeantes. Et aussi casser un mythe tenace : oui les femmes vont aux toilettes, et pas que pour faire des paillettes et oui, leurs flatulences ne sentent pas que la rose.

Une fois cette mise au point établie et si vous avez bien lu ce que j'avais écrit précédemment, vous vous rappellerez sûrement l'épisode de la vaisselle sale d'Ornella. Le problème de la vaisselle sale dans l'évier, bien que cela doit certainement vous paraître dérisoire comparé à la fin dans le monde, le trou dans la couche d'ozone et l'extinction massive de la grenouille lémur arboricole, devient un problème prépondérant quand, tous les jours, vous voyez une cuillère qui traîne, un verre à moitié vide (ou à moitié plein, grand débat sur la perception de la vie) ou encore une assiette avec des restes du repas de la veille de ta collègue. Et cela tourne au cauchemar quand tu te rends compte que c'est à toi de faire cette vaisselle, sauf si tu tiens à manger avec cette odeur nauséabonde qui s'en dégage. (Je sais bien Michelle que tu es du genre à présumer que de toute manière quelqu'un va bien finir par nettoyer, mais avoue, comment tu peux déjeuner ou juste boire ton café avec les restes de poulet rôti de Paul-Henry et la mouche qui tournoie dessus depuis deux jours ?)

Un autre détail particulièrement agaçant, les miettes qui t'attendent chaque matin ou à chaque pause déjeuner, bien installées gentiment, qui te regardent, de manière insistante. Elles paraissent si innocentes, ces mignonnes petites miettes du gâteau de Jocelyne ou du bout de pain de Lisette, éparpillées partout sur la table de manière artistiquement désordonnée. Seulement comme tu ne connais pas le véritable propriétaire de ces petites bêtes, c'est à toi de faire le travail. Si toi Ornella tu fais l'effort de prendre l'éponge pour redonner à la table sa splendeur passée, on se doute bien que ce n'est pas le cas de tout le monde. Je pense notamment à toi Giselle (oui c'est un nouveau nom, un peu de nouveauté ne fait pas de mal) qui, d'un magnifique geste mesuré de la main, éparpille nonchalamment ces fines brisures de repas au sol.

Je vais évoquer succinctement l'état, certains jours, de ce lieu tant visité et partagé par tous les membres de l'équipe, j'ai nommé : les cabinets, les commodités, les water-closets, le trône, les waters, les w.c. En un mot, les toilettes. Bon je ne vais pas trop m'étaler sur le sujet. Pour te donner une simple idée, toi qui me lis encore à côté de ton poisson rouge émotif, imagine les toilettes de Châtelet-les-Halles le premier samedi des soldes à 16 h. Tous celles et ceux qui y sont allés voient de quoi je parle. Pour les autres, imaginez sinon l'état de la couche d'un bébé malade que l'on n'aurait pas changé depuis une semaine. Les deux sont assez équivalents. Je ne vais pas vous donner de détails, je vous laisse vous représenter cette belle image dans votre esprit.

Pour clore ces quelques mises en situation, je me devais de donner une place de choix au petit frigo de la réserve. Cet objet du quotidien que l'on adore détester parce qu'il a la capacité de garder au frais ces poireaux un peu fades qui patientent depuis quelques jours déjà et ce sublime moelleux au chocolat cuisiné avec amour par ton chéri qui voulait se faire pardonner de t'avoir dit, sans peser ses mots et en oubliant à qui il avait à faire, que cette robe en 38 te moulait un peu trop comparée à la 42 qui t'allait à la perfection. Cet objet que l'on adore aussi malmener en oubliant, par exemple, de jeter ces fameux poireaux qui pourrissent depuis une quinzaine de jours déjà.

Ornella se souvient encore de ce matin-là. Elle arrive toute guillerette au magasin, disant bonjour à Lisette déjà arrivée, à Michelle qui sirote son café au lait et à Lucienne installée dans son bureau. Elle va à son casier poser ses affaires (elle n'avait pas oublié le code cette fois, pas la peine d'appeler le vigile), sort sa lunch box rose avec des pandas mangeant du bambou puis se dirige innocemment vers ce petit frigo qui se dresse fièrement devant elle. Elle aurait dû réfléchir à deux fois avant d'ouvrir sa porte : des yaourts périmés depuis un mois à gauche, une salade de thon noirci et pomme de terre verdies au centre, du beurre à moitié rassi avec de la mayonnaise orange dégoulinant de partout et une bouteille de soda sans bouchon qui a perdu toutes ses bulles à côté d'un smoothie beaucoup trop mousseux se côtoient dans la porte. Et bien évidemment, comme pour le cas de la vaisselle, toutes ces chatoyantes victuailles ne sont à personne. Bon courage pour poser ta lunch box là-dedans. Tu regardes à droite et à gauche en recherche de regards compatissants qui te soutiendraient dans ton malheur mais rien, personne ne répond à ton appel silencieux. Alors tu prends ton courage à deux mains, tu pousses du bout des doigts cette salade de thon et ces yaourts périmés pour poser, envelopper dans dix feuilles de sopalin, ta lunch box toute propre qui frémit déjà de peur à l'idée d'être aux côtés de telles denrées.

Tout cela ne sont que des exemples isolés, bien évidemment. Il faut bien que vous compreniez, toi avec ton poisson rouge et toi la responsable de magasin parfaite jusqu'au bout des ongles, que le ménage se doit d'être fait par l'intégralité de l'équipe. Enfin cela n'est que la théorie. En réalité, une véritable guerre se met en place pour essayer de maintenir la réserve et le magasin dans un état relativement potable. Je dis bien essayer. Certaines personnes restent en effet hermétiques à toutes notions de communauté et des devoirs qui en découlent. Et oui, quand on travaille dans une équipe, certains devoirs sont à respecter. Si, dans la vraie vie, tu décides de ne pas faire ton devoir civique de vote, aie au moins la décence de nettoyer la table ou le frigo quand tu travailles, c'est la moindre des choses, tu ne crois pas ?

Je tiens ainsi à faire passer un message à toutes les mères de vendeuses et vendeurs de France, d'Angleterre, de Belgique, d'Italie, de Norvège, du Canada, d'Alaska, de la Papouasie, de la Macédoine ou encore du Zimbabwe qui me lisent avec un petit café à la main sur leur terrasse ensoleillée : je vous rassure tout de suite, vos enfants sont d'une hygiène et d'une propreté impeccables une fois rentrés dans leur chaleureux nid douillet. Je pense même pouvoir manger mon gâteau au chocolat directement par terre chez Henriette tant son sol est brillant, lustré et immaculé. Par contre, je me dois de mettre l'accent sur ce fait, je ne comprends pas très bien pourquoi toutes ces règles simples et primaires de savoir-vivre s'effacent une fois la porte du magasin franchie. On n'est quand même pas des sauvages, si ?

Je sens que j'ai bien réussi à capter ton attention, toi, allongée nonchalamment dans ton canapé.

Parfait.

Tu commences à comprendre peu à peu qu'une équipe de magasin de prêt-à-porter c'est un peu comme une famille, avec la responsable endossant le rôle de la maman et l'adjointe celui du papa (ou l'inverse, peu m'importe) et autant de frères et sœurs que de vendeuses, avec ses règles, ses punitions et récompenses, ses moments de plaisir et de profonde solitude. Avec ses envies de tout envoyer valser, de balancer les portants et de cogner les murs avec les cintres. Avec ses crêpes party improvisées dans la réserve, les confidences des uns et des autres à propos de leurs malheurs ou de leurs projets. Tu ne t'entendras pas toujours avec tout le monde. Il y'aura des engueulades, de fortes incompréhensions, pour autant de moments de rigolades et de complicité. Et comme une maman, tes responsables répéteront souvent au moins une centaine de fois les mêmes choses. Et répéteront, encore et encore, comme une mère te répète de faire attention en rentrant tard la nuit ou de mettre tes chaussettes dans le bac à linge sale.

C'est un peu ça aussi, une équipe de magasin.

De belles rencontres.

Et une belle dose d'emmerde.

4
Quand tu te rends compte que parler de ton métier équivaut à parler de la théorie du trou de verre de Lorentz

Je fais ce point suivant pour tous les conjoints et conjointes (mais aussi pourquoi pas et avec plaisir les mères et les pères, les sœurs et les frères, les cousins, cousines, tantes, oncles, amis et chinchillas) qui côtoient un professionnel du prêt-à-porter et qui, par exemple, ne comprennent strictement rien à ce qu'il leur raconte le soir en rentrant à la maison. Un peu comme s'il venait d'une planète lointaine d'un autre système solaire, à 145 milliards d'années-lumière de la Terre, dans laquelle une heure dure 1450 minutes, le petit-déjeuner se prend à 15 h et les Jack Russel dominent le monde (il ne faut pas croire mais ces petites bêtes sont très intelligentes, si, même celle qui est allée chercher 254 fois son os en plastique favori. Ce sont juste des animaux incompris). Admettons que vous connaissiez quelqu'un qui est astrophysicien ; je doute fort que vous compreniez quelque chose si vous n'êtes pas du métier. C'est pareil pour toi qui travailles dans une boutique de culottes. C'est comme ça. Admets-le et tout se passera bien.

- Mais au fait, on le nomme comment ton métier ?

Tu as sûrement déjà entendu cette phrase (ou prononcée cette phrase, tout dépend de quel côté tu te places) :

« Je te présente Ornella, elle est vendeuse. »

D'un coup, tes cheveux se hérissent, tes poils se dressent et tes oreilles sifflent. Tu te sens toute chose, tes yeux se voilent et des papillons tournoient gentiment autour de toi.

Il est réducteur ce mot, vendeuse, tu ne trouves pas ? Je te vois toi, qui hausses les sourcils l'air de rien. Tu te dis : « Mais comment diantre veut-elle qu'on appelle son métier ? ». Vendeur, c'est plat, deux syllabes, pauvre. Pas très intéressant en somme (sauf si tu es calé en morphologie, tu me diras que vendeur est formé de deux morphèmes, dont un est un suffixe et l'autre la base verbale, qu'il y'a des morphèmes libres et liés et que… Arrêtons là sinon on risque de perdre des gens au passage). Féminin : vendeuse. Pas plus intéressant non plus. Alors qu'une autre expression existe, beaucoup plus fournie et pleine de sens. Une expression douce à l'oreille qui se susurre délicatement et que l'on accueille avec tendresse et délectation : conseillère de vente (oui j'ai déjà dû l'utiliser quelque part plus haut et vous vous demandiez sûrement pourquoi. Et bien ça y'est, vous allez avoir votre réponse).

Conseillère de vente.

Pourquoi donc une telle expression pour exprimer une réalité aussi simple qu'exprime le mot vendeur ? Vendeur = celui qui vend, aussi basique que ça. Oui mais non, diront certains. Ce n'est pas aussi basique que cela en a l'air. Ce métier n'est pas aussi basique que tu ne le penses (il faut quand même attendre le chapitre 4 pour parler du métier en lui-même, c'est fort de café comme on dit non ? C'est ça, le suspens, ce qui tient en haleine le lecteur assoiffé en quête de savoir et de réponse !). Bien sûr, dans certaines enseignes, tu ne fais exclusivement que le strict nécessaire. Il y'a à peine un bonjour et un au revoir, tu ne remarques généralement le client qu'à la caisse et si tu le recroisais la semaine suivante au même endroit, tu ne t'en souviendrais pas du tout. Alors que dans d'autres boutiques, la vente n'est que la partie visible de l'iceberg. Donner au client l'article qu'il veut et seulement l'article qu'il veut pour finir par un encaissement plat et sans âme ? Ta tâche n'est qu'à moitié accomplie. Ton verre n'est qu'à moitié rempli. On t'en demandera plus, beaucoup plus. Que je vous rassure, je ne vais pas vous faire un point sur les différentes techniques de vente, cela serait d'un ennui mortel pour tout le monde, pour toi comme pour moi d'ailleurs. Et ce n'est pas le sujet (et en plus, je n'ai pas envie que vous me piquiez mes astuces. J'en vois déjà certains, le stylo à la main. Posez tout ça, je ne vous dirai rien du tout. J'emporterais mes secrets avec moi). Je veux juste que vous compreniez que pour certains cas et pour certaines personnes, le terme « vendeur » n'est pas approprié. Pire, il renvoie à de mauvais préjugés. Je ne sais pas pour vous mais ça me fait davantage penser aux mecs louches qui sonnent aux portes pour tenter par n'importe quel moyen de vendre un aspirateur révolutionnaire qui fonctionne à l'eau et au pipi de chat, ou encore à ces nanas sur Instagram qui font un forcing courageux pour refourguer leurs produits minceurs miracles à leurs abonnées naïves. Je préfère ainsi largement employer cette expression toute fraîche de conseillère de vente.

Du coup, on recommence ?

« Je te présente Ornella, elle est conseillère de vente ».

Voilà, c'est quand même beaucoup mieux, ne serait-ce qu'à l'oreille. Ornella se sentirait presque fière de cet énoncé. Et sur son CV cela en jette davantage. Ce n'est peut-être qu'un détail pour vous, un caprice de filles de plus, mais pour moi ça veut dire beaucoup. Je dois dire à titre personnel que j'ai les poils qui se hérissent quand on emploie le mot vendeuse.

« Conseillère de vente ?- Tu vois dans les yeux de l'autre un pétillement palpable, comme si tu allais lui dévoiler quelque chose d'extraordinaire- ça me semble assez intéressant ! »

Tu sais que tu as à peu près tout gagné quand tu entends ça. Tu te sens prête à te lancer dans un exposé de 3 heures sur les différentes facettes de ton métier.

Cette expression, vois-tu, regroupe tout ce qu'il y'a de plus réjouissant. Oui tu vends des chaussettes, des robes, des culottes ou même des habits pour chiens, mais tu fais plus que cela, tu offres de précieux conseils à qui veux bien t'écouter sur l'entretien, la manière de porter tel ou tel article, tu partages cet imprimé ou ce tissu que tu viens de découvrir, tu commentes avec passion le dernier lookbook de ta marque à ta cliente préférée que tu n'avais pas vue depuis ses vacances. Ce que tu préfères le plus : que ta cliente s'en remette complètement à toi, avec une telle confiance que tu deviens en quelque sorte le messie des vêtements. Un peu comme une conseillère en image, tu aides les plus perdus dans la quête de la rédemption. Tu te dis que sans toi, cette jeune fille n'aurait jamais osé le top lingerie, cette mère de famille serait passée à côté de cette magnifique jupe en simili cuir qui lui fait des jambes à tomber, que sans toi, ce jeune homme se serait trompé toute sa vie de taille de baskets, cette étudiante n'aurait jamais réussi son entretien d'embauche avec la robe qu'elle s'apprêtait à choisir. Tu te prends pour la nouvelle Cristina Cordula, tu associes couleurs, motifs, matières et style pour des tenus détonantes qui resteront à jamais marquées dans l'histoire de ton magasin. Tu offres des expériences inoubliables à tes clients qui ne parleront que de toi pendant les cinq prochains jours. Tu te sens forte, inatteignable, invincible ! Un peu supérieure aussi, parce que toi tu sais associé les rayures et les imprimés fleuris pour que ça donne quelque chose de beau à regarder et non la madame tout le monde qui vient de franchir la porte.

En tant que conseillère de mode tu n'es plus la simple vendeuse qui trime pour faire acheter ce chemisier assez désuet. En tant que conseillère de vente, non seulement tu vas faire acheter ce chemisier assez désuet à cette charmante personne qui vient de rentrer dans ton magasin mais aussi ce jean au tombé parfait qui fait des fesses rebondies à souhait, ces ravissantes boucles d'oreilles qui vont se casser au bout de trois utilisations et ce joli headband complètement ridicule.

Une bonne conseillère de mode n'est pas hypocrite. On ne force jamais (enfin pour les plus honnêtes d'entre nous). À la fin, c'est quand même bien la cliente qui fait de son plein gré son code de CB Visa (ou Blackcard, on les aime bien celles-là), on ne lui met pas non plus le couteau sous la gorge.

Comme quoi, une simple tournure de langage et tout change. Ta propre perception de toi-même ainsi que celle que tes proches ont sur toi. Et même si sur ton CV ou ton contrat il est marqué vendeuse, je suis persuadé qu'en ton âme et conscience tu sais que tu es une conseillère de mode. Donc non, je ne suis pas vendeuse. Je suis bien plus que ça.

• Quand tu tentes de raconter à ta moitié ta journée mais que tu sens que tu le perds au bout du deuxième mot.

Quand tu rentres le soir tu n'as qu'une hâte, c'est d'enlever tes chaussures, te débarrasser de ton manteau pour te jeter dans le canapé et t'hypnotiser devant un film à la télé, en dégustant un bon repas bien chaud. Mais comme tu es un minimum civilisée, ainsi que ton compagnon (ou ta compagne, ton chat, ton chien, ton lama de compagnie, que sais-je), vous allez forcément devoir parler de vos journées respectives, en faisant preuve d'un petit peu d'intérêt. Toi tu sais faire, pas de souci. Tu l'écoutes parler et mine de rien, tu es contente qu'il se confie à toi par rapport à ses collègues, au chat de l'équipe qui en est devenu la mascotte ou encore de ce qu'il a mangé à midi. Puis vient ton tour. Et là, tu sais que ça va être compliqué de capter son attention. Tu tentes quand même, on ne sait jamais. C'est sûr que si tu avais vu Kim Kardashian dans ta boutique, ça aurait été un peu plus facile. Soit tu la tente version basique, soit tu tentes de donner un peu plus de détails (enfin de lui expliquer en quoi consiste ton travail, tout simplement).

Et encore, même dans le deuxième cas je trouve que cela reste abordable. Mais il risque certainement de décrocher. Surtout quand tu lui racontes qu'il y'a un défi mis en place sur la vente de headband et que tu veux tout faire pour surpasser Pierre-Henry, qui a déjà gagné le dernier défi. Fais comme moi, va à l'essentiel. N'essaye pas d'expliquer trop en profondeur ta journée, il ne t'écoutera qu'à moitié et tu risques de finir ton repas dans la chambre et lui, de dormir dans le canapé. C'est en peu comme si tu tentais de lui expliquer ta nouvelle passion pour l'étude du fond diffus cosmologique ou de celle de l'enfant écrasé sous le poids de l'amour d'une mère dans *La promesse de l'aube* de Tolkien. Non de Hugo. De Sartre ? De Weber ? De Robbin Hobb ? Nabokov ? Enfin bref, tu vois ce que je veux dire.

Fais des ellipses. Si tu as rencontré un problème quelconque, ne lui expose pas toutes tes réflexions, donne directement la solution. Tu vas économiser du temps et vous passerez tous les deux un meilleur moment à choisir votre programme sur Netflix que si tu lui expliques pourquoi tu n'as pas pu faire autant de cartes de fidélité que tu ne le voulais. Et au final, qu'est-ce que tu préfères le plus ? Profiter de ton compagnon ou ressasser tes ennuis professionnels ? Bien évidemment qu'il est important de pouvoir parler de tout, mais je suis désolée d'insister, tout le monde ne s'intéresse pas à la vente de culottes ou au défi mis en place sur les quantités de vente des nettoyants de chaussures. Encore une fois, si tu n'es pas dans le milieu, il est difficile de s'y intéresser véritablement.

Fais-toi une raison, que ce soit dans le domaine privé ou public, il est compliqué de parler de notre métier. Tout le monde ne trouve pas d'intérêt à un défi de vente de headband. Je pense qu'il faudrait monter des groupes de parole, pour extérioriser certaines choses. Parce que tu te doutes bien que, quand le soir il te regarde avec ses yeux de merlans frits pendant que tu déblatères sur ce que tu as fait la journée, il n'attend qu'une chose, que tu finisses enfin ce que tu as à dire pour passer à autre chose.

Tu peux également être confronté à un autre cas de figure. Si, par malheur, il t'arrive de rentrer le soir tellement fatiguée par ta journée éprouvante que tu n'as qu'une hâte, c'est d'aller te coucher sans passer par la case civilisation de raconte-moi ta journée, tu vas en entendre parler. Et plutôt deux fois qu'une. Et en plus tu dois faire à manger, alors que tu as passé l'après-midi à répondre au téléphone à cause de ton problème de connexion Internet qui t'a empêché de faire la réception de 50 cartons qui attendent gentiment dans la réserve, en belles piles bien droites, que tu as dû pallier, toi et le reste de l'équipe, à deux absences et à une coupure de courant, et que, comble du comble, ta dernière cliente t'a fait un joli scandale parce que tu n'avais pas en magasin cette paire de baskets vendues exclusivement aux USA et que tu as dû lui prouver, toute la fin de journée, par A+B que non, tu étais dans l'incapacité la plus totale de faire un transfert exclusivement pour elle et pour un seul produit. Du coup si j'étais toi, je resterais sur la première proposition, la version basique. Comme ça, tu auras encore plus de plaisir à raconter tes déboires à tes collègues dans la semaine. Et puis, avouons-le, il est plus plaisant de parler de son métier à des personnes qui le connaissent de près et qui le côtoient. Si un jardinier parle boulot avec un développeur de jeux vidéo, cela devrait tourner court rapidement non ? Pareil pour toi et tes proches. Donc pas d'inquiétude.

- Quand lui trouve que tu en fais beaucoup trop pour des personnes qui ne connaissent même pas la date de ton anniversaire alors que tu te sens à 1 % de tes capacités ou plus simplement, la difficulté de l'emploi du temps d'une conseillère de mode.

Tu commences à le constater par toi-même, concilier vie professionnelle et vie amoureuse quand l'un des deux est dans le commerce reste compliqué. L'un des points les plus problématiques reste les horaires (et les jours de repos, les vacances, les week-ends, les jours fériés, les ponts, les soldes, les inventaires, les audits… Euh, tout le métier alors ?). Et si par malheur l'autre a aussi des horaires compliqués et bien, bon courage à vous deux.

Commençons donc par le plus courant : les horaires. Tu sais pertinemment que même si tu as ton planning depuis trois semaines, que tu as prévu un super repas le deuxième jeudi de mars avec toute ta famille, la belle-famille et les chiens de tout le monde, rien n'empêchera un des vendeurs de l'équipe de tomber malade (ou du moins de poser un arrêt, au final la cause, on ne la connaît pas vraiment) et rien n'empêchera non plus ta responsable de te demander le jour même de finir à 20 h 30, alors que tu devais exceptionnellement partir à 16 h 30 pour avoir le temps de te préparer psychologiquement à cette réunion de famille.

Les heures supplémentaires.

Tu vas en manger, et à toutes les sauces.

Quand tu es toute seule, en soi, les heures supplémentaires, ce n'est pas bien grave. Quand tu es en couple, c'est une autre histoire. Admettons que tu es en temps plein. Faire des semaines de 35 heures quand on travaille le week-end et qu'on rentre à la maison à 21 heures minimum, c'est déjà sympa. Si en plus tu fais 3 ou 6 heures supplémentaires, surtout reste zen et détendue quand tu rentres chez toi.

Que je te rassure, toi, la future vendeuse et toi, celle qui est au bord de l'abandon de poste après avoir lu les autres chapitres, tu ne fais pas non plus des heures supplémentaires toutes les semaines, encore heureux. Il faut quand même intégrer que, quand tu signes ton contrat le premier jour, tu acceptes de manière officieuse tous les inconvénients qui l'accompagnent.

Refuser de faire des heures supplémentaires c'est un peu comme prendre sciemment la dernière part de pizza, ça ne se fait pas. Tu as le droit de refuser. Une ou deux fois. Après tu porteras tout au long de ta carrière l'étiquette : celle qui ne s'implique pas du tout du tout, du tout, du tout. Et accepter de faire des heures supplémentaires, c'est agréable, tu porteras à contrario l'étiquette : celle à qui on peut absolument tout demander, n'importe quand, et qui ne dira jamais rien. La bonne poire en somme.

Il existe également un autre type d'heures supplémentaires. Quand tu as acquis un certain statut dans le magasin ou un certain degré de confiance de la part de ta responsable, il peut arriver que de toi-même et uniquement de toi-même, tu t'imposes des heures supplémentaires. Pas sous la demande de ta responsable, non, mais parce que tu sais pertinemment que tu es dans l'incapacité la plus totale de finaliser (voire de commencer) ce qu'il te reste à faire dans le temps qu'il t'est imparti. Disons que par moment, il sera plus simple pour toi d'avoir au minimum des journées de 90 heures, histoire d'être sûr de bien faire ton travail et de pouvoir te reposer un petit peu après.

L'organisation.

La clé pour gérer au mieux ses heures supplémentaires.

Généralement, celles que l'on décide sciemment de s'infliger sont les plus mal comprises. Pourquoi, mais pourquoi se contraindre à travailler plus de sa propre volonté ? Qui plus est pour être toujours plus dans la poussière, les cartons et voir toujours plus des clients on ne peut plus désagréables, pour la plupart. Pourquoi arriver en retard à cet apéro tant attendu juste pour finir de trier des cartons de chaussures délavées ? Pourquoi se lever plus tôt pour faire des piles bien droites et carrées qui seront défaites aussitôt deux heures après ? Pourquoi venir aider ton collègue alors que lui te laisse se débrouiller seul et ne fait pas 5 minutes de plus ? Eh bien cela s'appelle la conscience professionnelle. Tu l'as pour ton boulot, et bien moi aussi. Alors forcément il y aura des semaines où tu ne verras pas beaucoup ta moitié, où tu n'auras qu'une envie en rentrant c'est de te plonger tout entière dans ton lit (ah oui mais non, tu dois faire l'organisation du lendemain). Et oui parce que qui dit heures supplémentaires dit fatigue. Une fatigue exténuante. Dites-vous bien que de supporter ses clients alors qu'on se tape une journée de dix heures, c'est compliqué. Du coup les critiques sur le fait qu'on rentre plus tard que prévu, à éviter. Un conseil pour les compagnons et compagnes, quand l'autre fait des heures supplémentaires, pensez aux kilos de cartons qu'elle (ou il) a portés, à la tonne de poussière qu'elle a inhalée, à la musique infernale dans ses oreilles toutes la journée, aux remarques déplaisantes des clients, aux problèmes de caisse ou encore au sandwich qu'elle a dû ingéré en deux secondes montre en main, sandwich clairement dégueulasse et qui a coûté une blinde. En clair, tu auras beau avoir trouvé la meilleure explication possible pour tenter de faire comprendre pourquoi tu fais des heures supplémentaires, malheureusement rien n'y fera.

Deuxième point qui peut poser problème : les vacances. Tu ne peux pas les prendre, dans certaines enseignes, en septembre, en décembre, pendant les soldes c'est-à-dire en janvier, début février, juin, juillet, août. Oui toi avec ton poisson rouge, c'est aussi compliqué les vacances quand tu es dans le commerce.

Autre point, lorsque ton téléphone sonne pendant tes jours de repos parce qu'un de tes collègues a besoin de toi. Tu réponds. Même si tu es au restaurant en train de manger une succulente pizza au fromage et que ton chéri te jette des éclairs foudroyants avec les yeux. « Mais laisse-le se débrouiller », te dira-t-il. Oui mais non. Tu ne peux pas laisser ton téléphone sonner en sachant pertinemment que ton magasin a besoin de toi. Évite malgré tout de donner la raison de cet appel, c'est souvent pour des bêtises (tu ne sais pas où sont les sacs poubelles par hasard? Il reste du PQ ? T'as rangé où le stylo bleu hier ?). Et quand c'est pour des choses sérieuses et que tu dois interrompre pendant une heure ton apéro, va dans une autre pièce pour finir la conversation, si tu ne veux pas entendre les longs soupirs d'incompréhension et voir ces mêmes éclairs foudroyants. Par contre désolée pour toi mais quand tu reviendras, la bouteille de vin sera finie et l'ambiance vite refroidie.

Pareil quand tu reçois des SMS de collègues. Tu évites de répondre devant lui quand vous faites enfin cette sortie qu'il a organisée pour toi depuis des semaines. Tu attends qu'il détourne le regard ou qu'il aille aux toilettes. Je pense qu'à un moment donné il va finir par haïr tes collègues. Gentiment, entendons-nous bien. Il ne va pas aller jusqu'à arriver un jour avec une hache dans le magasin pour découper tout le monde en rondelles. Non, bien sûr que non. Il ne va pas se la jouer à la Dexter et jeter les morceaux de cadavre au fin fond de l'océan. Méfiez-vous quand même si un jour votre compagnon achète le stock de sac plastique d'un magasin et passe le plus clair de son temps libre dans des magasins d'outillage, on ne sait jamais. Bien sûr que non qu'il n'ira pas jusque-là. Mais il va en avoir marre que tu doives les dépanner, répondre à leurs questions, marre de te voir leur parler alors qu'à cet instant T tu es avec lui et que tu ne devrais être qu'avec lui. Il va en avoir marre aussi que tu changes ton emploi du temps parce que Kimberly a besoin d'être du matin ce vendredi pour rejoindre sa nouvelle conquête ou parce qu'Henriette doit aller chercher sa gamine à 16 h alors qu'elle est planifiée pratiquement toute la semaine de 12 h 30 à 20 h 30 (c'est plus sympa de déranger les collègues que de simplement demander à sa responsable certains horaires en particulier. C'est l'esprit d'équipe). En général, l'emploi du temps que tu donnes à ton chéri ne sera pas vraiment celui que tu feras réellement. En général. Tu es souvent amené à répondre à ce genre de question :

« Dis-moi, tu pourrais échanger avec moi lundi ? J'ai un truc super important à faire j'avais complètement oublié d'en parler à Lucienne ». Et ça au moins deux fois dans le mois. Après on ne va pas le nier, on se prête alors à notre tour au jeu.

Bilan de tout cela : faut-il être célibataire quand on travaille dans le prêt-à-porter ? Mais non, quelle question ! Tu peux arrêter la lettre de rupture que tu avais commencée, tu n'en auras pas besoin. Si, je t'assure, pose ce stylo. C'est vrai que ce domaine est très intrusif. Bien sûr, chacune de nous réagira différemment. Certaines ne décrocheront pas leur téléphone pendant leur jour de repos, tandis que toi tu n'attendras qu'une chose, qu'on t'appelle pour savoir si ta mise en place de la nouvelle collection est correcte, même si tu es en vacances au fin fond de la forêt amazonienne. À vrai dire, certaines, font du 7/7. Les repos deviennent un bon moyen pour organiser telle ou telle journée, penser à un nouveau défi ou faire les plannings. Parles-en à ta responsable de magasin, tu verras ce qu'elle te dira. Alors des fois le soir tu prends un bout de papier, un stylo et tu te penches sur ce qu'il y'a à faire le lendemain. Tu allumes ton PC et tu fais un mémo à afficher pour tout le monde sur les points forts de la nouvelle collection. Tu finis ton évaluation parce que la veille tu n'as pas eu le temps de le faire. Tu n'as certes pas les mêmes enjeux qu'un gardien de la paix ou qu'un médecin, je suis bien d'accord (quoique, aider les personnes à mieux s'habiller c'est un peu comme un devoir civique, quand tu vois l'étendue des dégâts de certains looks).

Évidemment que vie amoureuse et carrière dans le prêt-à-porter sont compatibles.

Il faut juste trouver son rythme.

5
Un titre rapide, court et efficace : les clients

Les clients.

Qu'est-ce qu'on ferait sans eux ! Pas grand-chose. On a beau les détester, aimer les détester, vouloir les dépecer lentement, les enfermer dans une pièce sans lumière, sans fenêtre, sans porte, sans eau ni à manger, il faut bien admettre que sans eux, la boutique ne tournerait pas. Je vais dans ce point-ci évoquer quelques cas ou situations particulières qui peuvent exaspérer fortement ou au contraire nous faire sourire et nous rendre heureux pour la journée entière. C'est comme partout, il y'a des bons et des mauvais clients, des têtes d'anges et des têtes à claques.

• Le bonjour, cette marque de politesse primordiale pour toutes conseillères de mode.

Quand tu rentres dans un magasin, ou même n'importe où d'ailleurs, tes parents ont normalement dû t'apprendre à dire ce fameux mot magique que tout le monde connaît :
« Bonjour ».

Et quand tu rentres dans un magasin, ou même n'importe où et que quelqu'un te dit ce fameux mot magique que tout le monde connaît, tu te sens normalement obligé de répondre. Un peu comme un automatisme. Ça, c'est dans un monde idyllique, où les licornes existent bel et bien. Dans la réalité, il semblerait que bien des parents aient loupé la case apprentissage de la salutation ou que bien des enfants devaient dormir quand leurs parents essayaient tant bien que mal de leur inculquer cette base de la politesse. Dans la vraie vie, 90 % de tes clients ne te répondront jamais, ne te feront pas de sourire, ni même un simple hochement de tête. Le plus souvent il n'y a même pas de regard vers toi. Je préfère néanmoins un client qui ne te répond pas et qui ne te regarde pas plutôt qu'un client qui ne te répond pas et qui te regarde droit dans les yeux, du style « Je t'ai entendu mais je ne te dirai pas bonjour, non, non, non ».

Si l'on reprend l'exemple d'Ornella, elle va s'en rendre compte dès les premiers jours.

Dès le premier jour en fait.

« Bonjour Madame », pas de réponse, pas de sourire, pas de hochement de tête, pas de regard.

« Bonjour Monsieur », il répond un vague bonjour en regardant à l'opposé, c'est agréable aussi, tu te sens valorisée.

« Bonjour Monsieur, Madame », dans ce cas particulier, et en général, la femme te toise de la tête aux pieds, agrippe son homme par le bras pour éviter tout pas dans ta direction, et te regarde bien dans les yeux pour te faire comprendre que si tu as le malheur de lui parler sans son autorisation, elle te pulvérise sur place.

« Bonjour Monsieur, Madame »,qui ont des enfants, apparemment muets pour la politesse mais bien bavards pour te demander de replier les t-shirts de la table qu'ils ont dépliés, un par un, et qu'ils ont consciencieusement mis en boule.

« Bonjour », au petit jeune de 17 ans qui ne sait pas trop pourquoi il rentre dans ton magasin et à qui tu as manifestement fait peur en le saluant. Celui-là je ne lui en veux pas, les timides sont dans un monde à part. Par contre, à la bande de copines à qui tu dis « Bonjour », chacune d'elles te regardant bien en pensant haut et fort que tu fais un métier pourri (je voulais mettre un autre mot mais je ne pense pas que ce serait passé, on ne sait jamais, s'il y'a encore de la censure quelque part), à celles-là, je leur en veux.

Ceux qui sont au téléphone, tu leur fais juste un sourire, ça suffit amplement. De toute façon ils ne t'adresseront pas du tout la parole. Pareil pour ceux avec le casque vissé sur les oreilles, ignore-les comme ils vont t'ignorer toi.

« Bonjour », à un autre monsieur qui vient de rentrer, d'un air décidé et d'un pas sûr. Il se dirige vers toi, pas pour te répondre mais pour le fatal : « Il me faut ça en 42 », photo du téléphone à l'appui qu'il te pointe sous le nez en levant à peine les yeux vers toi.

« Bonjour Mesdames », aux deux copines trentenaires (ou quarantenaires, si tu enlèves toute la couche de maquillage qu'elles ont sur le visage), qui ne veulent surtout pas interrompre leur passionnante discussion en te répondant, qui font un tour de deux secondes et puis s'en vont.

Et oui Kimberly, Lucienne, Pierre-Henry, Michelle et tous les autres, n'attendez pas à vous faire saluer, c'est peine perdue. Alors, au début et comme Ornella, tu vas prendre ton mal en patience, te dire que c'est pas grave, le prochain va finir par te réponde. Puis tu te dis qu'il y'a pire dans le monde, comme ce pauvre petit poulet qui n'a jamais vu le jour, qui n'a jamais senti la douceur de l'herbe fraîche sous ses pattes et qui va finir en nuggets. Tu fais ton premier mois comme ça. Puis tout change. Tu estimes avoir le droit à ton bonjour, même si pour cela tu vas devoir batailler dur, très dur. La méthode la plus simple reste le forcing. Ce n'est peut-être pas super agréable pour le client (ça lui fait juste prendre conscience de son impolitesse, et ça, ça peut faire mal, quand on se croit tout permis), mais tellement revivifiant pour la conseillère de mode.

Prenez Ornella, 4 mois après son premier jour au magasin, avec le monsieur qui vient de rentrer, d'un air décidé et d'un pas sûr :

« Bonjour Monsieur, dit-elle avec son plus grand sourire.

— Il me faut ça en 42, lui rétorque-t-il en lui montrant son téléphone, sans la regarder.

— Bonjour Monsieur, recommence-t-elle, toujours avec le sourire.

— Oui il me faut ça en 42, vous avez ou pas ? Répète-t-il, un peu perplexe.

— Bonjour, Monsieur, dit-elle cette fois en cherchant son regard, pour lui faire prendre complète mesure de sa grossièreté, sans sourire cette fois.

— Bonjour, je ne vous avais pas entendu. Je voudrais ça en 42, est-ce que vous l'avez ? »

Ne pas servir le client tant qu'il n'a pas d'une manière ou d'une autre répondu à ta salutation, c'est devenu pour moi mon credo quotidien. Tu ne me dis pas bonjour ? Tu vas pouvoir attendre avant que je te serve. Pareil en caisse. Tu ne me dis pas bonjour ? Je ne t'encaisse pas.

« Bonjour Madame, ça a été pour vous aujourd'hui ? »

Et tu vois ta cliente qui te pose ses articles et qui attend. Et bien toi aussi, tu attends.

Tu retentes malgré tout :

« Bonjour Madame, ça a été pour vous aujourd'hui ? »

Ah, elle te regarde, c'est déjà ça de gagné. Mais elle ne dit toujours rien. Du coup, tu attends, en silence cette fois.

« Vous attendez quoi pour m'encaisser là, j'ai pas la journée moi, dit-elle de sa charmante voix, au bout de 10 secondes.

— Juste un bonjour madame.

— Oui et bien, bonjour, finit-elle par lâcher, honteuse puisque tous les clients autour d'elle ont pu entendre cet échange. »

Tous les clients ne sont pas comme ça, heureusement. Il y'en a qui pour te dire bonjour lève la main au-dessus de leur tête et te font ce gentil signe de venir, ou d'autres encore qui claquent des doigts. Avec toujours sur le visage ce fabuleux air aimable et avenant, qui donne tout de suite envie de les aider.

Parlons peu mais parlons bien :

vous ces clients, que j'ai cités en exemple, à quel moment précisément vous vous êtes dit que nous nous méritions pas un bonjour ou juste un sourire ? On ne vous demande pas la Lune, simplement de nous respecter. Quand vous rentrez dans le magasin, la tête haute en nous toisant de la tête au pied, vous vous croyez supérieur ? Je ne pense pas que votre bouche va se mettre subitement à brûler si vous vous adressez poliment à une conseillère de mode alors faites-moi plaisir, la prochaine fois que vous allez faire du shopping, de vous-même et spontanément, dites :

« Bonjour ».

• Quand le client n'en a strictement rien à faire de ton métier et surtout, de ta propre personne.

Je vais parler ici d'un genre de clients particuliers.

Ceux qui pensent être obligés de t'apprendre ton métier alors que concrètement, ils n'y connaissent rien du tout.

Ceux qui, dès que tu leur donnes un conseil, se sentent obligés de te contredire.

Ceux qui aiment bien faire leur petit show quand il y'a d'autres clients autour d'eux, comme :

« Je sais que cette paire n'existe pas en 42 (en montrant une paire enfant à Ornella, qu'il avait déjà vu deux jours plus tôt et qui lui avait déjà dit que la paire n'allait pas au-dessus du 34.5) mais est ce qu'il y'a moyen de la commander ?

— Non monsieur, c'est une paire enfant, elle s'arrête au 34.5.

— Oui d'accord mais même si je paye plus cher ? Et pourquoi vous ne la faites pas en 42 d'ailleurs, c'est pas normal, dit-il en commençant à hausser le ton, dans d'autres enseignes ils font des paires enfants pareilles que celles adultes.

— Oui c'est sûr mais chaque enseigne est différente, chez nous ça fonctionne comme ça, et du 42 chez l'enfant ce ne serait pas logique. »

Et alors là, allez savoir pourquoi, le client se met à brailler dans le magasin :

« De toute façon tu me prends de haut depuis tout à l'heure, déjà la dernière fois. Du 42 chez l'enfant ça serait pas logique, tu me prends pour un idiot ou pas, je sais bien qu'un enfant, ça ne fait pas du 42 ! Tous des dégénérés dans ce magasin, parce que je t'ai dit que j'étais prêt à payer plus cher tu me prends pour un arriviste ! Tous des malades. »

Et il continue comme ça, pendant encore deux trois minutes, devant les collègues d'Ornella, les autres clients et sa femme, qui regarde l'équipe avec un sourire qui voulait dire « Laissez-le dans son délire, c'est un malade. »

Il y'a également ceux qui déplient toutes les piles de t-shirts qu'ils peuvent trouver, te regardent droit dans les yeux et s'en vont tout fiers de leur désordre. Ou ceux qui essayent je ne sais pas combien de vestes, les ouvrent toutes pour les ranger à l'envers ou les poser un peu partout en laissant les cintres vides sur les portants. Et qui, évidemment, ne t'achètent rien.

Ceux qui essayent une vingtaine d'articles en cabines et te laissent tout en boule, sans oublier de te laisser le soin de ramasser leurs mouchoirs sales et qui viennent te voir tout sourire : « Pardon, mais rien n'allait, j'ai laissé les articles dans la cabine. Bonne journée. » Tu lui souris à ton tour et lui balances un bon p****** dans ta tête (je vous laisse deviner le mot).

Ceux qui font semblant de ne pas parler français pour ne pas avoir à te parler, ou ceux encore qui font semblant d'être au téléphone (je l'ai déjà fait).

Ceux qui te balancent gentiment alors que tu es en train de ranger une penderie : « Mais de toute façon, votre métier c'est juste de ramasser les cintres par terre » et que tu ne peux rien dire parce que tu dois suivre le fameux adage « le client est roi ».

Ceux qui balancent à leur gamine insolente, une fois en caisse : « Tu vois ma chérie, si tu ne fais pas d'études, tu finiras comme la jeune fille. », en te regardant intensément pour que tu appuies ses dires. J'ai un bac +3, madame, j'espère que votre fille fera de même. Ou bien évidemment, mieux. « Bonne journée », répond Ornella, un magnifique sourire aux lèvres.

Ceux qui te mettent toutes les chaussures de présentation à l'envers, alors qu'ils voient bien qu'elles ne sont pas dans le bon sens. Ou qui t'ouvres toutes les boîtes. Ceux-là doivent avoir des troubles obsessionnels compulsifs.

Ceux qui font tomber un vêtement devant toi mais te laissent évidemment le soin de le ramasser en te regardant du coin de l'œil.

Ceux-là ne te disent pas bonjour, ni au revoir, ni s'il vous plaît. Ce sont des mots sortis de leur vocabulaire.

Ceux qui laisse leurs enfants jouer avec le mannequin en bois que tu viens de changer, ou ceux qui les laissent jouer dans les penderies : « Attention bonhomme, tu risques de te faire mal si ça tombe sur toi », et la mère qui te balance un royal : « Mais laissez-le faire ce qu'il veut, c'est un enfant enfin ! ».

Les enfants des clients, c'est quelque chose. Ce sont les petits rois auxquels il ne faut strictement rien dire. Le gamin braille à tue-tête dans le magasin parce que ça fait 8 heures que les parents sont dans le centre commercial et qu'il commence à en avoir ras le bol ? Ne dis rien et ne regarde surtout pas le monstre de travers, ça risquerait de mal finir. Il se roule par terre ? Laisse-le faire, ça fera ton ménage. Il mange un paquet de chips et en sème partout dans le magasin ? Ou renverse, sans faire exprès bien sûr, sa canette de soda juste devant toi ou dans un coin bien reclus pour que tu le découvres à la fermeture juste au moment de partir ? Ou celui qui joue avec ces charmants pistolets qui jettent de petites billes partout dans le magasin ? Quand tu vois un couple avec des enfants ou pire, plusieurs couples avec leurs enfants, tu imagines déjà le carnage qui va se dérouler devant toi, complètement impuissante. Il ne faut absolument pas critiquer les enfants des autres, même s'ils sont manifestement mal élevés. Après tout, tu n'es qu'une simple vendeuse à leurs yeux, leurs enfants peuvent bien te manquer de respect.

Il y'a ceux aussi qui t'ignorent complètement quand tu viens leur parler :

« Bonjour Monsieur, qu'est-ce que je peux faire pour vous ? » Et tu restes plantée là. Tu te dis qu'il va bien finir par faire quelque chose, même un signe de la main pour te faire comprendre de partir. Et bien non. Il s'en va simplement, comme si tu n'existais pas. Tu peux te faire ignorer par un groupe également, c'est encore plus humiliant.

C'est un genre de client bien particulier, ceux qui ne respectent ni ton métier ni ta propre personne. On adore les détester. Et on est en droit de les détester. Je ne vais pas beaucoup m'étaler sur le sujet, les gens antipathiques ne le méritent pas. Et pourquoi parler ou écrire des lignes et des lignes sur des personnes irrespectueuses. Mais on adore parler des gens irrespectueux. Je ne dirais pas qu'il y'a plus de mauvais clients que de bons, mais ce sont malheureusement ceux dont on se souvient le plus. Ceux qui peuvent nous faire douter de notre métier. Un conseil, face à ce genre d'énergumènes, ne prend pas ses mots ou ses actes personnellement. Ce n'est pas Ornella ou Michelle qu'il critique, qu'il insulte ou qu'il ignore, ce sont les conseillères de mode en général, le monde du prêt-à-porter, qu'il trouve dérisoire et superficiel. Il faut que tout ce qui se passe glisse sur toi, comme un surfeur glisse sur les vagues en Californie, comme un poisson qui se faufile harmonieusement entre les algues. Imagine ton client malotru affublé d'un string à la borat jaune avec des étoiles vertes et tout ira pour le mieux. Si si, je t'assure. Pas besoin de te faire des nœuds au cerveau pour rien ou de ressasser une fois chez toi. Profite des bons côtés de ton métier et balaye les autres. Balaye toutes ces personnes pour qui le respect et le shopping ne font pas bon ménage.

- Les clients que l'on aime adorer.

Je sais qu'avec les deux points précédents, j'ai pu en dégoûter certains. Je comprends. Mais que je vous rassure, tous nos clients ne sont pas comme ceux que j'ai cités précédemment. Il y'en a que l'on adore, qui nous font sourire. Qui nous rendent heureux pour le reste de la journée. C'est un genre de clients également particulier.

Ce sont ceux qui nous rendent gentiment le t-shirt qu'ils ont déplié parce qu'ils savent très bien qu'ils ne pourront pas le replier comme nous et ne veulent pas le laisser traîner n'importe où.

Ceux qui disent bonjour avant toi avec un grand sourire parce qu'ils sont contents d'être là.

Ceux que tu connais de vue et qui te demandent à chaque fois qu'ils viennent comment tu vas, quelles sont les nouveautés que tu as reçues, ou si tu as bientôt des vacances. Et qui te montrent les photos de leur dernier week-end.

Ceux qui réprimandent leurs enfants quand ils touchent au mannequin ou se roulent par terre. Et qui n'hésitent pas à les réprimander devant toi. En gratifiant en même temps ta personne et ton métier.

Ce sont tous ces clients grâce auxquels tu te sens spéciale, experte dans ton métier. Ceux qui te demandent conseil et qui ne choisissent que les produits que tu as validés parce qu'ils savent que tu connais ce que tu vends. Ceux qui t'écoutent comme si tu récitais la Sainte Bible alors que tu leur expliques simplement les caractéristiques et avantages de cette magnifique paire de chaussures que tu as sortie spécialement de la réserve.

Ceux qui, même s'ils ne t'achètent rien, te font passer un bon moment et égayent ta journée en te faisant oublier ta fuite d'eau à l'entrée du shop, ta caisse qui ne fonctionne pas et tes chiffres catastrophiques. Après tout, il y'a bien plus grave dans le monde non ?

Il y'a aussi ce client qui refait un détour exprès pour t'offrir une boîte de chocolats à toi et ton équipe parce que vous lui avez illuminé sa journée, en ayant pu commander le produit introuvable que sa fille voulait absolument pour la rentrée au collège, au risque de passer pour une has been.

Ou encore ce client, avec lequel vous vous êtes découvert la même passion pour *Game of Thrones* et qui vient toutes les semaines pour débriefer avec toi de la couleur des cheveux de Daenerys et pour refaire au moins une vingtaine de fois la liste des gens à abattre d'Arya parce que, soyons clair, tu n'y as jamais vraiment rien compris.

Il y'a ceux qui te complimentent sur ta tenue et te disent que tu représentes tellement bien la marque pour laquelle tu travailles, et ceux encore qui demandent à voir ton responsable pour lui dire à quel point tu es merveilleuse.

Ceux qui, même si tu es fatiguée, si tu te trompes, si tu prends un peu plus de temps que d'habitude à aller chercher un produit, ceux qui même s'il y'a un problème de caisse, s'il n'y a plus le WI-FI et que tu es dans l'incapacité de leur commander illico presto le produit qu'ils veulent grâce la tablette nouvelle génération que tes boss de tout là-haut ont eu le génie de vous imposer alors que tu leur demandes depuis maintenant 10 mois de réparer la lumière des toilettes, ceux qui même, si le lecteur de carte bleue ne fonctionne pas, te font un grand sourire et font disparaître ton stress en une poignée de seconde.

Ceux qui te font des grands signes dès qu'il te voit, même sans forcément rentrer dans le magasin, un grand sourire aux lèvres.

Ceux qui savent que tu viens d'avoir un petit bébé trop chou et qui te disent que tu es radieuse, malgré tes insomnies et tes tâches de lait sur le T-shirt.

Ceux avec qui tu peux discuter du dernier livre que tu as lu, et qui te conseillent celui qu'ils viennent de commencer, parce qu'ils commencent à connaître tes goûts et savent qu'il te plaira.

Il y'a aussi ce client, un peu timide et qui se demande ce qu'il fait là, qui a besoin d'un cadeau pour quelqu'un mais qui ne sait pas trop quoi prendre. Alors tu le conseilles, tu lui montres certains produits, et peu à peu, tu arrives à le mettre à l'aise, tu vois qu'il t'écoute avec attention et qu'il suit tes conseils.

Tu as aussi ceux qui ne disent pas grand-chose pendant leur visite mais qui mettent un joli commentaire sur Google ou le site du magasin, ça aussi ça fait plaisir.

Ceux qui voient que tes collègues et toi êtes tatoués, vont disent que vos tatouages sont jolis, pour ensuite vous montrer les leurs et des pages Instagram de tatoueurs que vous pourriez apprécier. Pour au final passer une heure à parler de votre passion commune.

Ceux qui veulent prendre ton numéro parce qu'ils ont bien accroché avec toi, même si tu refuses parce que tu es déjà engagée.

Ceux qui prennent le numéro de tes collègues parce qu'ils ne sont pas engagés.

Ceux qui admettent que oui, tu fais un métier qui peut être compliqué et fatigant, et qui t'écoutent volontiers, même si tu as conscience qu'ils ont aussi leurs propres problèmes.

Il y'a aussi ce couple de non-entendants, avec lequel tu communiques bien plus qu'un couple d'entendants, qui te font comprendre à leur manière qu'ils sont ravis d'être là, qui sont avides de tes conseils et bien plus sympathiques que n'importe quel autre client, même si tu dois communiquer sur une feuille en papier parce que tu ne sais pas signer.

Ceux tout simplement qui te respectent pour ce que tu es et qui ne te collent pas une étiquette sur le front sans chercher à aller voir plus loin.

À tous ses clients, merci.

Merci d'être là et de nous rappeler que nous ne nous levons pas le matin pour rien, que nous ne travaillons pas dans la poussière, les cartons et le bruit pour rien. Que nous ne rentrons pas le soir complètement exténuées en ayant eu pour simple cliente cette bimbo mal fagotée qui nous a toisée du début jusqu'à la fin de sa virée shopping. J'oublie certainement d'autres cas de figure dans lesquels les clients ont été merveilleux avec nous. Bien sûr il y'en a tellement d'autres. Mais ne vous inquiétez pas, nous savons reconnaître un client heureux et bienfaisant. Alors, venez nous voir, avec votre plus beau et grand sourire, et partageons encore une fois un moment agréable.

Et les rageux, surtout, mais surtout, restez chez vous.

6
Les soldes (autre titre rapide, court mais efficace)

Tremblez, toutes les Ornella, Kimberly, Lucienne, Pierre-Henry, Michelle et autres. Voici le moment tant attendu d'aborder un sujet qui fâche, un sujet qui effraie n'importe quel professionnel du prêt-à-porter : voici le moment de parler des soldes. Je vous rassure, nous n'allons pas en parler beaucoup, rien que de le faire cela me fatigue déjà.

Les soldes.

Quelle belle invention ! Quelle ingénieuse idée ! Des prix au plus bas pour le client, des chiffres d'affaires en hausse pour les commerçants et un bon écoulement du stock. Un accord parfait entre l'offre et la demande. Une entente cordiale, tout le monde s'y retrouve, tout le monde est content.

Faux.

Faux, encore faux et archifaux.

Rien qu'en tant que client les soldes commencent à ne plus avoir d'intérêt. Regarde Kimberly, qui a fait une dizaine de magasins la première semaine des soldes et qui n'a rien trouvé à sa taille. Ou que des vieux articles sortis des vieux stocks des magasins, qu'ils n'arrivent pas à vendre depuis des années et qu'ils ressortent à chaque campagne. Et si tu ne fais dorénavant les soldes que sur Internet, on comprend mieux pourquoi il n'a y plus autant de monde que ça qui se déplacent en magasin à cette période. Bref, les soldes, tu vas en entendre parler dès ton arrivée, même si tu n'arrives qu'en mars et que les prochaines ne sont que l'été prochain. Mieux vaut tard que jamais, tu vas me dire. Il se peut que tu en aies même entendu parler pendant ton entretien.

« Très bien Ornella, tout cela me paraît convenir à ce que nous recherchons. J'ai encore quelques petites questions à te poser. Que t'attends-tu à faire de plus pendant la période des soldes ? Sais-tu travailler sous la pression ? » lui demande une Lucienne tellement attentive à la réponse à venir que cela en aurait presque effrayé un tant soit peu notre Ornella.

Que t'attends-tu à faire de plus pendant la période des soldes ? C'est une bonne question. Tu devrais également te la poser, si tu as passé un entretien récemment et que tu as la chance d'être embauchée. Même ton poisson rouge se pose cette fameuse question. En soi, ton travail restera identique à ce que tu fais d'habitude. Une grosse différence existe néanmoins. Pendant les soldes, tu vas commencer à haïr ton métier. Véritablement. Bien sûr, cela dépend de ton magasin, de sa taille, de ce que tu y vends. En toute bonne foi, je ne connais personne qui apprécie travailler à cette période. Qui en plus se renouvelle deux fois dans l'année. L'horreur absolue.

Tu ne comprends pas pourquoi toi, toujours allongée nonchalamment dans ton canapé douillet et tout molletonné? Ne t'inquiète pas, je vais t'expliquer.

Tu penses innocemment que, comme n'importe quel être humain, les soldes commencent le premier jour et se terminent le dernier jour.

Encore une fois, faux.

Les soldes commencent un bon mois avant la date officielle et se terminent un bon mois après la date officielle. L'avant-solde peut être compliqué. Quand tu dois repérer tous les articles qui passeront à la première démarque, certaines fois même faire les étiquettes à la main. Penser à ton merchandising, l'adapter en fonction de tes stocks, de tes grosses quantités, de tes ruptures ou de tes surstockages. Et quand tu dois changer une nouvelle fois ton merchandising la veille des soldes parce que ceux qui travaillent au siège dans un bureau, bien au chaud avec leur café et leurs gâteaux, en ont décidé autrement et qu'ils t'envoient un mail en te précisant que oui, ils préviennent tard, mais que tout est une question d'organisation et de réactivité. Quand tu dois gérer des livraisons ahurissantes qui te donnent mal au dos rien qu'en regardant le nombre de cartons que tu auras à traiter en un temps imparti. Si tu reçois une livraison de ce style le premier jour des soldes tu peux d'ores et déjà pleurer, la première semaine risque d'être longue. Très longue. Voire complètement pourrie. Quand tu dois trouver des solutions pour que ta réserve reste un tantinet rangée, bien que pendant cette période, le concept de réserve rangée reste assez flou, alors que toi et ton équipe vous avez passé des heures et des heures à tout bien mettre en place. Bref, les soldes, c'est l'enfer. Par moment, tu préférerais te retrouver nez à nez avec Hannibal Lecter, quitte à lui donner un de tes doigts pour son déjeuner si ça lui chante. Ou bien te faire avaler par un vers des sables sur Arrakis. Enfin tout autre chose plutôt que de revivre une préparation de soldes. Mais bon, c'est comme ça. C'est bien une partie de ton métier, que ça te plaise ou non.

Le premier jour des soldes reste le plus significatif. Le premier jour et le premier week-end. Si tu vois une horde de clients derrière la grille, attendant l'heure fatidique, prêt à dégainer leur carte bancaire à tout instant, grognant et haletant d'impatience, n'ayant pas dormi de toute la nuit pour être prêts aux aurores pour obtenir enfin l'affaire du siècle qu'ils attendent depuis 6 mois (à savoir un T-shirt à 3 euros, produit par un pauvre petit enfant qui vient de loin, très loin, très très loin, et qui ne gagne même pas 3 euros dans le mois, qui a été embauché dès ses trois ans parce que plus ils sont petits, mieux c'est, avec leurs petites mains bien agiles qui produisent vite, vite, vite, T-shirt acheté par cette même cliente qui poste sur Instagram tous les jours qui passent des publications contre l'esclavage humain, en criant haut et fort l'hypocrisie de l'humanité et parce que c'est tendance de dire d'acheter made in France et de se créer une conscience alors qu'en secret, elle n'achète que du made in China, produit par ce pauvre petit enfant, parce que c'est moins cher), si tu veux mon avis, et si tu le pouvais, tu devrais courir loin, très loin, et ne plus jamais revenir.

Ah mais non, désolée.

Tu ne peux pas.

Tu es attendue en caisse pour faire pas loin de quoi, deux, trois, quatre cents transactions dans la journée, encaissant plus vite que Flash ne fait le tour du monde mais moins vite que ne disparaissent les Tigres du Bengale. Ou bien tu es attendue en cabine, plus pour conseiller non, pour faire animatrice de sortie scolaire. Ben oui, parce que les cabines en période de soldes, c'est un peu comme devoir gérer une horde d'enfants au zoo qui ne savent pas attendre gentiment en faisant une queue propre (soit dit en passant, les zoos ce n'est pas type top. Enfin certains). Non madame, vous ne pouvez pas passer devant tout le monde juste parce que vous êtes en retard au boulot. Et bien il fallait venir avant. Ou ne pas venir du tout d'ailleurs, ça ne nous aurait pas dérangés.

Si tu es attendue en surface de vente, je ne sais pas trop quoi dire. Non vraiment. Feins peut-être un arrêt cardiaque. Ça t'éviterait de te retrouver sur cette zone sinistrée. Parce qu'il faut bien se l'avouer, en période de soldes, le client devient… incontrôlable. Sournois. Moche. Vulgaire. Tête à claques. Odieux. Insolent. Sale. Irrespectueux. Je continue ou vous avez compris le principe ? Oui, toi et ton poisson rouge, tu me diras encore une fois que chaque personne est différente et que tout le monde ne réagit pas comme ça. Je te le concède, et encore heureux que tout le monde ne réagisse pas comme ça. Mais je pense que chez certains êtres humains, au moins deux fois dans l'année (voir plus si tu considères les prés-soldes, les après-soldes, les après-après-soldes, les promotions de rentrée, le back to school, les promotions de Noël, les prix de la Saint-Valentin, de Pâques, les promotions d'anniversaire, les promotions de l'été parce qu'il fait chaud, celles de l'hiver parce qu'il fait froid, les promotions de printemps parce qu'on aime bien le printemps, le Black Friday, l'avant Black Friday, l'après Black Friday, les promotions de tient ça fait longtemps qu'on n'a pas été en promotions), je disais donc que, au moins deux fois (minimum) dans l'année, certains humains ont un gène, jusque-là encore endormi, qui se réveille subitement pour les transformer en clients de l'horreur, en avocats du diable, que dis-je, en bêtes féroces (quoique, tout compte fait, je préférerais certainement être aux prises avec un ours polaire bien féroce à cause de la fonte de sa banquise plutôt que face à une centaine de clientes et clients assoiffés de promotions). Bref, en personnes complètement insupportables qui déplient tout sur leur passage, retournent toutes les chaussures, ouvrent tous les sacs et essayent tous les bijoux.

L'un des seuls côtés positifs des soldes, c'est que tu travailles de manière mécanique. Tu ne réfléchis plus. Tu aspires juste à ce que ta journée se finisse le plus rapidement possible. Et tu perds du poids. À force de courir dans tous les sens, de porter des cartons, des piles de vêtements à ranger ou à force de sauter entre les produits qui sont par terre.

Le milieu des soldes aussi est compliqué. Quand tu dois mettre en avant ta nouvelle collection alors que tu sais qu'elle ne sera même pas regardée, mais que c'est comme ça, et qu'on ne te demande pas ton avis, parce que tu dois faire ce qui s'appelle la bascule, et que ceux qui travaillent au siège dans un bureau, bien au chaud avec leur café et leurs gâteaux, ont décidé encore une fois de t'envoyer un mail la veille de la date à laquelle ils veulent que tu le fasses. Tu dois alors faire cohabiter un stock de soldes qui commence à être dérisoire et à ne ressembler à rien, avec une nouvelle collection pas plus funky non plus.

Et bien sûr débrouille-toi avec ça, de toute façon quoique tu fasses ça n'ira pas, ceux qui travaillent au siège dans un bureau, bien au chaud avec leur café et leurs gâteaux, pour peu qu'ils daignent passer en magasin pour voir ce que vous faites, toi et ta team, trouveront toujours à redire, même si tu leur montres que tu as suivi leurs directives à la clé, document en main et que tu leur prouves par A+B que tu ne peux pas faire autrement. De toute façon, ne cherche pas, les équipes merchandising ne sont jamais d'accord avec ce que tu fais. Ce doit être une règle établie entre eux. Ils te font des constructions à la mords-moi-le-nœud qui soi-disant attirent le client mais qui, n'ayons pas peur de le dire, ne sont pas vivables au quotidien, surtout pour toi qui dois refaire leurs pliés abracadabrantesques.

(Je vais faire une petite parenthèse, oui encore une je sais, mais je viens de penser que je n'avais pas évoqué un sujet, pourtant bien important, mais qui n'aurait pas été suffisant pour faire un chapitre. Dans le monde du prêt-à-porter, il y'a deux catégories de travailleurs : ceux du terrain, et ceux des bureaux. Ceux du terrain sont dans les magasins, ce sont les vendeurs et les managers, qui suent à longueur de journée pour faire rentrer de l'argent dans les caisses. Ceux des bureaux, ceux qui travaillent au siège dans un bureau, bien au chaud avec leur café et leurs gâteaux et bien… On ne sait pas toujours ce qu'ils font, mais ils donnent les directives, sont férus de chiffres, que ce soit ton chiffre d'affaires, ta productivité, ton taux de démarque inconnue, ton trafic, en passant par la surface en m2 de ton frigo qui peut contenir du chocolat, en sachant que celle-ci doit être supérieure ou égale à celle qui peut contenir des pasta box au fromage et inférieure au volume de ton casier, dont tu dois donner le pourcentage de remplissage par rapport à ceux de tes collègues, ne sont en général jamais contents, peuvent sembler ne plus exister pendant quelque temps puis réapparaissent du jour au lendemain sans crier gare, demandent souvent l'impossible et sont parfois, voir souvent, non en fait tout le temps en déconnexion avec la réalité du terrain. Tu peux attendre plus d'un mois pour qu'ils daignent enfin envoyer quelqu'un réparer la fuite d'eau que tu leur as signalée dès le premier jour et que tu vois dans les avis Google de ton magasin et recevoir des tablettes dernier cri dont tu ne vois pas l'utilité mais que tu dois quand même utiliser tous les jours, alors qu'il n'y a soi-disant pas de budget pour augmenter les membres de ton équipe qui font un travail formidable. En sachant que chaque magasin du réseau a reçu deux tablettes. Et qu'il y'a plus d'une vingtaine de magasins. Ou que ton groupe rachète une marque pour un nombre à sept chiffres. Mais qu'il n'y a toujours pas de budget pour augmenter les membres de ton équipe qui font un travail formidable.

Parenthèse fermée.)

Quand tu vois peu à peu ton magasin devenir un vrai champ de bataille, tellement il est sale, mal rangé et, disons-le clairement, aussi moche que les rideaux de ta tante Paulette qu'elle a hérités de sa tante Myriette, qui elle-même les a hérités de sa tante Marbella.

Et l'après-solde. Ornella pensait que ça allait être plus tranquille. Et bien non. Passons les détails mais tu dois ranger toute la réserve, faire des cartons et des cartons, et encore des cartons des produits à renvoyer à l'entrepôt, revoir tout l'agencement du magasin, subir les arrêts maladie de Kimberly et Henriette qui sont trop fatiguées après cette période, subir le stress de Lucienne parce que les chiffres ne sont pas bons et la rassurer parce que les clients, (qui ont tout dépensé pendant les soldes et qui de toute façon, de nos jours, n'achètent qu'en promotion) ne sont pas au rendez-vous, subir les démissions de quelques-uns qui se sont rendus compte que ce n'était pas un métier fait pour eux, subir les problèmes informatiques parce que tous tes appareils ont trop chauffé pendant cette période de dur labeur, subir les remontrances de ceux qui travaillent au siège dans un bureau, bien au chaud avec leur café et leurs gâteaux parce que telles ou telles choses ne leur a pas plu, ou a contrario attendre leurs félicitations (qui n'arriveront que trop tardivement) pour le travail accompli, s'acclimater avec les nouvelles procédures mises en place dont tu ne comprends rien, pas même celui qui les a mises en place, pendant que, je ne sais pas si je te l'avais dit, mais tu dois faire des cartons et des cartons et encore des cartons, subir ton évaluation annuelle, attendre toujours les félicitations de tes supérieurs, essayer de reprendre un rythme quasiment normal, manger de nouveau trois repas par jours et ce, tous les jours, apprendre les produits de la nouvelle collections, participer à ce nouveau challenge qu'ont lancé ceux qui travaillent au siège dans un bureau, bien au chaud avec leur café et leurs gâteaux, challenge complètement irréalisable comme d'habitude, les entendre râler parce que tu ne renvoies pas les cartons des anciens produits assez vite, voir ta responsable crouler sous la tonne de mails qu'elle reçoit, devoir former les nouveaux que l'on a embauché pour pallier aux démissions de ceux qui se sont rendus compte que ce n'était pas un métier fait pour eux alors que tu dois faire des cartons et des cartons et encore des cartons.

Et quand tu crois que c'est fini, que tu vas pouvoir enfin avoir des journées relativement tranquilles, quand tu vas enfin pouvoir revoir ta cliente préférée et lui raconter tes vacances futures au Mexique pour vos 10 ans, à ton chéri et à toi (enfin pour ça, on en reparlera après la 150e vague, cf. le contexte du chapitre qui suit), et lui montrer les photos trop cute de ton nouveau canari des îles, voici qu'arrivent de nouvelles promotions.

Et rebelote.

Pas de conclusion interminable, je pense que tu as compris le message : les soldes, c'est l'enfer.

7
Un sujet que je n'aurais pas abordé si des pangolins n'avaient pas été mangés par des gens bizarres: le coronavirus, ce b***** de virus de m**** qui fait c****

Il me semble, et avec juste raison, que plus vous lisez ces quelques lignes, plus vous entrez dans les méandres encore insoupçonnés et insoupçonnables des coulisses de ce magnifique travail qu'est celui de conseillère de vente, plus vous suivez les aventures de cette charmante Ornella, ou encore Lucienne, Kimberly ou Charles-Henri, vous vous êtes alors posé (là pas de féminin, on généralise. Et ça me fatigue les neurones de faire attention à mes accords) un instant, regardant par la fenêtre, le souffle court et les yeux ébahis, vous rendant compte de quelque chose.

Vous avez posé le livre sur la petite table qui se trouve devant vous, avez tiré les rideaux pour admirer le soleil qui luit de toute part, avez observé, attendri, le petit rossignol qui s'est posé là, dans l'arbre en face de vous.

Ne serait-ce pas une larme qui coule sur votre joue ? N'ayons pas peur des mots, n'ayons pas peur des émotions.

Ce livre, que vous tenez entre vos mains, ne serait-ce pas la nouvelle utopie du siècle, où les gens vont faire les magasins quand ils veulent, à 20 heures si ça les chante, où les gens se bousculent sans crainte, se font la bise sans honte, touchent tout sans penser un instant aux microbes qui traînent, se regroupent par centaines dans des boutiques minuscules ? Où le masque n'existe pas, où le pass sanitaire n'existe pas, où le pass vaccinal n'existe pas, où les pangolins n'existent pas (soyons honnêtes, sans cet épisode sanitaire, personne de sa vie n'aurait entendu parler de ces animaux, ou plutôt de ces mammifères pholidotes, insectivores, recouverts d'écailles et ayant apparemment très bon goût), où les sorties au cinéma, au restaurant, au musée ne sont pas qu'un lointain souvenir ? Oui, en un mot, un monde sans virus. Un monde sans crise sanitaire. Un monde où l'on peut manger un sandwich dans la rue sans peur de prendre une amende, un monde où l'on peut rentrer n'importe où même si on a oublié ce nouvel accessoire de mode qu'est le masque. Un monde où ne pas se laver les mains toutes les deux secondes n'est pas un crime (même s'il faut se laver les mains, c'est important. N'oublions pas que, selon santé publique France, « se laver les mains à l'eau et au savon pendant 30 secondes est la mesure d'hygiène la plus efficace pour prévenir la transmission de tous les virus ». Non, je ne suis pas sponsorisée par Santé Publique France, je vois simplement cette phrase partout, depuis presque un an, tous les jours, à la télé, dans la rue, même aux toilettes. Au bout d'un moment, ça finit par rentrer.). Un monde où lorsque l'on tousse ou éternue en public, on n'est pas toisé de la tête aux pieds et regardé comme si on avait la peste.

N'ayons pas peur de le dire,
un monde sans Coronavirus.

Le rossignol s'en va soudain, comme terrifié par ce mot lancé soudainement, subitement, sans crier gare.

Coronavirus.

Le ton est donné.

Il est vrai que de la première page à maintenant, on aurait pu se croire dans un manuel historique, relatant les coutumes des gens en matière de shopping avant la crise sanitaire. Évoquant un passé proche et pourtant si lointain. Et oui. Ornella doit maintenant porter un masque 7 heures par jour, comme bon nombre de personnes, se désinfecter les mains toutes les deux secondes et veiller à ce qu'il n'y ait pas trop de monde en même temps dans le magasin. Et Lucienne doit veiller à ce que toutes les mesures sanitaires et les gestes barrières soient respectés à la lettre, tant par ses employés que par ses clients. Et alors là... Bim (ça fait des Chocapic. Il faut bien détendre l'atmosphère, je te sentais tendue tout à coup toi, allongée nonchalamment dans ton canapé, qui garde Poupouille le temps d'une journée. Mais si, Poupouille, le chat de la vieille du dessous. Bref toi là, allongée sur ton canapé, tu as eu l'air tellement effarée d'un coup que je me suis sentie dans l'obligation de te faire sourire. Fermons la parenthèse) (rouvrons la parenthèse, j'ai remis quelques accords au féminin, pour garder le rythme), la réalité revient nous heurter d'un coup. Les conseillères de vente de ce livre doivent s'adapter comme tout le monde et se plier à ce nouveau quotidien qu'est le nôtre. Je ne vais pas rentrer en détail en expliquant le quotidien d'Ornella depuis la crise sanitaire, ce serait bien ennuyeux (ben oui quoi, avec les confinements et les couvre-feux, sa vie est quand même beaucoup moins trépidante qu'avant. Attends, mais a-t-elle été déjà trépidante ? Telle est la question…) et puis déprimant, et bien rageant, et puis tout le monde s'en fiche soyons honnête, on est tous dans la même galère après tout alors pourquoi la plaindre elle plus que quelqu'un d'autre, pourquoi ne pas plaindre sa voisine qui depuis un an ne voit plus ses petits-enfants, ou le restaurateur en bas de sa rue qui espère ne pas tout perdre non plus et qui attend un léger éclaircissement dans sa vie si sombre depuis quelques mois, ou le conservateur de musée qui se désole de voir ses salles vides, ou le gérant de salle de sport qui entretient tous les jours des machines pourtant déjà propres, ou la commerçante qui ne sait plus où ranger ses factures impayées, ou le policier qui se fait cracher dessus parce qu'il fait juste son métier en mettant des amendes pour non-respect du couvre-feu ou en stoppant une fête de 400 personnes, ou le gérant de boîte de nuit qui cherche à entamer sa reconversion, ou la jeune mère qui vient de reprendre son travail en 80 % et qui, avec les différentes phases de chômage partiel, ne voit pas non plus la lumière au bout du tunnel, ou l'infirmière qui n'en peut plus de toutes ses heures sup, comme ce médecin, ce réanimateur, ce pompier et j'en passe, comme cet étudiant qui ne sait pas de quoi sera fait son avenir dans ce monde pour l'instant bien triste et avec si peu de perspective. Ou ce jeune (ou pas) qui s'est pris une amende parce qu'il est allé à cette fête de 400 personnes (ah bah si attend, lui aussi est à plaindre, et la liberté individuelle alors, tout le monde s'en fout ? C'est dans son droit d'aller à cette fête, où personne n'est masqué, où tout le monde s'embrasse, boit dans les verres des uns et des autres, où tout le monde se serre la main à tort ou à raison, sans savoir où ont traîné ses fameuses mains avant, soit dit en passant. Attends, qu'est-ce que tu dis ? La responsabilité individuelle ? La responsabilité civile ? Cluster ? Ah, désolée, mais je crois que lui n'en a rien à faire de tout ça. D'autres font attention non, alors il peut bien s'amuser. Même s'il vient de faire la bise à une dizaine de personnes testées positives il y a quelques heures à peine. Non pas positives au test de grossesse, à l'autre test en vogue du moment). Je disais donc que je n'allais pas dépeindre le quotidien d'Ornella, juste montrer en quelques mots en quoi son métier a changé depuis quelque temps.

• C'est reparti pour un tour, les clients.

Et oui, les revoilà, eux. J'aurais plutôt dû mettre « les clients et les gestes barrières » comme sous-titre. Ça aurait été plus adéquat. Alors, reprenons :

• Nos charmants clients et cette nouveauté que sont les gestes barrières.

Bien. Voilà qui est mieux.

Autant mettre les choses au clair tout de suite.

Oui, vous les clients (je m'adresse à vous directement, l'heure est grave), ne nous voilons pas la face. Vous êtes encore bien plus agaçants depuis les gestes barrières. Alors déjà que c'était pas la folie tous les jours (cf. le chapitre au titre rapide, court et efficace), pour certains c'est le pompon. Évidemment, et encore heureusement, il y'a toujours les clients agréables, contents d'être là, polis, respectueux, adorables et bienveillants comme on les aime (je n'aimerais pas qu'on me dise que je dénigre ceux sans qui le magasin où je travaille n'existerait pas. Comme déjà dit quelques lignes voir quelques pages auparavant, les mauvais comportements sont ceux qui font le plus jaser et qui irritent le plus. Alors je les expose, pour que, toi qui me lis et qui aimes faire les magasins avec toute la gentillesse possible, tu te sentes valorisée et prête à convertir ton voisin qui ne dit pas bonjour en entrant dans un magasin sans qu'il ne trouve de mal à ça). Mais malheureusement, les clients un peu désagréables (le mot est faible) en temps normal le sont encore plus depuis la mise en place de ces fameux gestes barrières.

Les gestes barrières.

En soi, le port du masque, le gel hydroalcoolique et la distanciation sociale.

Soyons honnêtes. Depuis le temps qu'on nous baratine avec le port du masque, qu'est-ce que vous n'avez pas compris ? C'est pas comme si on n'en parlait pas partout du masque, à la télé, sur Insta, sur TikTok, dans Closer, sur les arrêts de bus, dans les toilettes, dans ton fil d'actu, à la boulangerie, quand tu vas mettre de l'essence (tu devrais passer à l'électrique, par les temps qui courent, c'est un conseil plus qu'avisé), à la fac (enfin, quand tu peux y aller, à la fac), sur les paquets de couches, quand tu sors ton chien après 18 heures avec ton attestation, au supermarché… Même chez le cousin germain de la tante par alliance mariée à l'oncle paternel de la voisine de ton arrière-grand-père paternel, que tu n'as jamais connu, on en parle. Il n'avait fait le déplacement que pour les petits-fours, tu te souviens ?

Bref.

Partout, je dis bien partout, on parle de ce port réglementaire du masque.

Alors pourquoi certains d'entre vous se sentent-ils dans l'obligation de ne pas faire comme tout le monde ? Je sais bien qu'il ne faut pas agir comme un mouton et suivre bêtement les règles, c'est ce qui fait les dictatures, mais à un moment donné il faut réfléchir et se dire que c'est peut-être la meilleure chose à faire. Alors oui, il est vrai que ce n'est pas forcément agréable, de porter ce foutu masque à chaque déplacement, mais c'est comme ça. Et surtout ce n'est pas de la faute de Michelle, qui vous demande gentiment de remettre votre masque en place pour la troisième fois consécutive, ou encore moins de Pierre-Henry, qui vous demande de ne pas insulter sa collègue parce qu'elle est venue vous voir une quatrième fois. Et ce n'est pas non plus de la faute de Lucienne, qui vous demande de quitter le magasin parce que vous avez frappé Pierre-Henry à cause de ce même masque. Que de violence pour un petit bout de tissu ! Donc, quand on vous dit :

« Bonjour monsieur, est-ce que vous pourriez remettre votre masque s'il vous plaît ? »

Pas la peine de nous toiser de la tête au pied avec ces yeux revolver. Donc, quand vous lisez « Port du masque obligatoire » à l'entrée du magasin, il n'y a pas de sens caché. Il faut juste faire ce qu'on vous dit de faire, c'est-à-dire de porter votre masque. CQFD.

Autre chose.

Un gamin de 6 ans sait porter un masque. Je suis sûr que même ton poisson rouge sait comment porter un masque. Même le Jack Russel qui veut dominer le monde le sait. Alors pourquoi toi, oui toi, ou encore toi, ou toi, tu ne le sais pas ?

« Bonjour Madame, est-ce que vous pourriez porter votre masque correctement ? Merci bien ! »

Et revoici Ornella obligée de faire la police dans son magasin, parce que cette gentille dame, au téléphone, a nonchalamment découvert sa bouche pour parler à sa copine de son émission préférée et des aventures de Pipouille, son cochon d'Inde croisé rottweiler.

« Je suis au téléphone, vous le voyez bien ? »

Dans ce genre de situation, soit tu rentres dans le lard tout de suite, soit tu prends ton mal en patience et tu essayes de faire comprendre gentiment à cette dame que oui, tu as bien vu qu'elle était au téléphone mais que tu lui demandes juste de remettre son masque puisque c'est ce qu'on lui demande à elle de faire, depuis bientôt près d'un an déjà (enfin maintenant quasiment plus de deux ans. Comprenez-moi, écrire un livre prend du temps. On commence un sujet, on s'arrête, pour un commencer un nouveau et s'arrêter encore, la tête pleine de doute, se demandant si le fruit de notre dur labeur sera lu un jour par d'honnêtes gens, comprenant ce que j'ai voulu partager. Je me revois encore, moi, posant ma plume délicate, mue soudain par le syndrome de la page blanche, m'accoudant à la fenêtre et regardant le paysage verdoyant qui se déroule devant moi, mes yeux se perdant à l'horizon, loin, si loin, essayant de me rapprocher de ces poètes grecs à jamais disparus, amis des Muses et des dieux polymorphes, jouant nus dans les près luxuriants de contrées imaginaires perdues pour toujours, en mangeant du raisin goulûment et en buvant de l'hydromel, moi, disais-je donc, accoudée à ma fenêtre en quête d'une inspiration capricieuse, n'attendant qu'une révélation pourquoi pas mystique. Et qui se retrouve avec les aboiements de son Jack Russel qui a vu une feuille tombée dans le jardin en guise de sujet immédiat.), de materner ses clients comme des gosses des 3 ans qui ne sont pas capables de suivre une foutue règle pourtant bien si simple qu'on nous martèle dans le crâne tous les jours, alors que de base elle est juste payée pour vendre des chaussures et des t-shirts, et non pour être animatrice de colonie de vacances pour enfants indisciplinés, dont les parents ne veulent même plus, et qui ont craqué leur PEL pour les envoyer loin, très très loin.

Pareil pour le gel hydroalcoolique.

Vous savez, ce truc à l'entrée des magasins que vous devez mettre sur vos mains, qui des fois est collant, gluant, sent les pieds ou est tellement liquide que vous vous en mettez partout. J'aimerais juste vous dire que vous n'êtes pas obligés de vous sentir agressés quand on vous demande d'en mettre, avant de toucher à tout dans le magasin avec vos mains sûrement pas très propres. Parce que ce n'est pas toi qui dois, une fois après ton passage, tout replier, tout ranger, en se demandant si ces mains, avec lesquelles tu as touché tous les vêtements du magasin, ont été lavées au moins une fois durant la semaine.

Une dernière chose pour les gestes barrières, quand on vous demande de patienter à l'entrée du magasin parce que le nombre de clients maximal a été atteint, si vous n'êtes pas content, personne ne vous oblige à rester. Ben oui quoi, qui t'a obligé à venir le premier samedi des soldes, à 14 heures, faire ton shopping vite fait avec tes gosses insupportables qui crient depuis une heure alors qu'ils seraient mieux à courir dans un parc, qui t'a obligé, alors que tu te permets de râler parce que tu dois attendre devant les magasins alors qu'en soit, ce n'est pas vital ce que tu fais là. Si tu veux râler, fais-le pour la faim dans le monde, pour ces chiens et chats dans les SPA, pour la fonte des glaces polaires, pour la pêche intensive ou ton bilan carbone qui doit être explosif. Sinon, prends ton mal en patience ou rentre chez toi.

Tout à coup, alors qu'Ornella, Kimberly, Michelle et Lucienne commençaient à désespérer, voici qu'arrivent un homme et une femme, avec leur charmant petit bébé dans une jolie petite poussette. Elle porte un masque rose avec de magnifiques fleurs, lui un masque tout simple noir, bien posé sur le visage. Oh bien sûr, le bébé n'en porte pas lui. Avant de rentrer, ils se désinfectent tous deux les mains, puis se dirigent vers Ornella, pour lui demander gentiment un produit, puisqu'ils ne veulent pas tout déranger et tout toucher. Le bébé fait de mignons petits gazouillis. À la caisse, ils n'hésitent pas à se désinfecter de nouveau les mains avant de toucher le clavier du terminal puis s'en vont, gaiement, non sans avoir au préalable complimenté Ornella et ses collègues pour leur travail formidable. Le bébé fait un coucou de la main, ce qui finit d'attendrir Ornella.

Était-ce là la vision d'un monde onirique ? Non, simplement des clients respectueux qui ne compliquent pas davantage le travail que peut avoir une vendeuse, bien plus compliqué qu'il n'y parait depuis la crise sanitaire. Donc je te remercie, toi, toi et encore toi, de faire attention à tout ceci quand tu viens faire du shopping. De prendre en considération que ce n'est pas une période agréable pour nous non plus. De partager avec nous tes tracas et d'écouter les nôtres avec intérêt. De ne pas nous juger quand on te dit qu'on est fatigué de tout ceci.

Pour les autres, encore une fois,
restez chez vous.

• Quand tu deviens ce à quoi tu as toujours aspiré : préparatrice de commande.

Je te vois venir toi, qui en scrutant ce titre, as senti comme une pointe d'a priori sortir le bout de son nez, alors que justement j'écris depuis maintenant une cinquantaine de pages qu'il ne faut pas en avoir et qu'il faut respecter son prochain. Qui t'a dit que je n'ai pas toujours rêvé d'être préparatrice de commande ? Que je n'ai toujours pas rêvé de travailler pour cette grande entreprise dont je ne citerai pas le nom, qui commence par A – et qui finit pas – zon, qui a un entrepôt pas loin de chez moi ? (si tu veux chercher où est mon chez moi, ils ont plus d'une centaine d'entrepôts en France, alors bon courage). Pour plus de mystère, je vais te laisser, toi seul décisionnaire du rêve de ma vie, à savoir devenir préparatrice de commande ou non.

Cela étant dit, je pense que les employeurs de demain dans le domaine du prêt-à-porter devraient mettre une petite mention en bas de contrat, écrit tout petit mais vraiment tout petit, vous savez un peu comme les conditions d'utilisation que personne ne lit jamais et qu'il vaudrait mieux lire, sans quoi la vieille dame du dessous ne se serait pas retrouvée avec un abonnement de dix ans au magazine *Chasse et pêche*, simplement parce qu'elle a participé à un concours pour de la pâtée pour chat au saumon, alors qu'elle est militante végan depuis maintenant deux ans, depuis que son lapin Bernard est mort entre ses mains (ou plutôt entre les crocs de ce charmant Poupouille), avec, en prime, une livraison annuelle de 35 kilos de saumon, à ses frais bien entendu. Les employeurs, disais-je donc, devraient inscrire en bas de contrat quelque chose dans ce genre *: le poste pour lequel vous postulez ce jour sera amené à changer dès lors qu'un nouveau confinement et /ou fermeture des centres commerciaux sera prononcé(e). En aucun cas vous n'êtes en droit de refuser. Vous devrez alors effectuer toutes les nouvelles tâches qui vous incombent. Tout refus entraînera un licenciement.*

Oui voilà, quelque chose de ce style.

En soi ce n'est pas une critique.

Mais une simple constatation

Depuis près d'un an maintenant que nous vivons en cohabitation des plus harmonieuses avec ce virus, je dois dire que je crois que j'ai changé de métier. Plus exactement, j'alterne entre conseillère de mode, agent de police, préparatrice de commande, informaticienne, inspecteur d'hygiène et psychologue (oui, pour les collègues. Certains et certaines ont dû mal à gérer la situation. Alors pour éviter un suicide ou pire, une démission, il faut bien les écouter). Du jour au lendemain, tu passes de vendre des chaussures, chaussettes, t-shirt, boxers et petites culottes en dentelle et à nœud de couleur cuisse de nymphe émue (expression non inventée) à faire 60 colis en une journée avec un logiciel que tu ne connais pas et qui manifestement ne veut pas te connaître. À te saigner les yeux parce que tu restes toute la journée devant ton ordinateur pour valider les commandes de gens que tu ne connais pas et que tu ne connaîtras jamais. À faire tes tâches toujours dans le même ordre, si bien, qu'une fois rentrée chez toi, tu rationalises de même chacun de tes gestes. À te prendre des avis négatifs sur Google parce que la taille du carton de livraison n'est pas adaptée au produit qu'il contient, mais, cher client, tu ne te doutes pas que si on t'expédie ton produit dans un carton trop grand c'est qu'on ne peut pas faire autrement ? Tu devrais déjà être bien content de faire partie de ceux qui peuvent encore faire du shopping. À avoir les larmes aux yeux à chaque nouvelle fiche de paye (même si oui, il faut bien le reconnaître, tu as au moins un salaire, toi). À réceptionner tous les deux jours des palettes de cartons vides (manifestement trop grand) que tu dois scotcher, remplir et fermer. Et ce toute la journée. Tu n'avais pas signé pour ça mais au moins tu es payée et tu peux reprendre le temps de regarder tes story Snapchat entre deux cartons. Et ça a du bon, tu n'es plus obligée de dire toutes les cinq minutes : « Veuillez porter votre masque correctement s'il vous plaît ! ». Avoir des périodes sans clients peut être assez salvateur. Tellement salvateur. Et reposant. Mais très redondant. Peut-être un peu ennuyeux. Il se peut même que tu en viennes à ressentir un manque. Tu regretterais presque de ne plus pouvoir râler parce que les clients ne te disent pas bonjour. (Je suis une femme, j'adore râler).

En résumé et en quelques mots, l'année d'Ornella ressemble à ça : une bonne tartine de merde.

Si je fais l'effort de pousser un peu plus ma réflexion (mais pas trop quand même, je commence à fatiguer un peu de tout ça moi aussi), l'année d'Ornella ressemble à ça : confinement de quelques mois, à rester chez soi parce que rien n'avait alors été mise en place, puis reprise du travail de manière quasiment normale (avec l'introduction des gestes barrières et tout ce qui s'en suit. Je ne sais pas si on peut insérer une parenthèse dans une parenthèse mais, comme tu peux t'en douter, après un arrêt de plusieurs mois, la reprise fut douloureuse. Te voilà repartie avec des horaires, des contraintes, des objectifs, à devoir t'habiller, te laver, mettre du déo, alors que tu mangeais des pains au lait dans ton lit à 3 heures du matin, que ta combinaison pilou pilou ketchup était devenue ton uniforme et que tu ne savais même plus par quel chemin aller dans la salle de bain), puis reconfinement, avec la découverte de ce nouveau métier qu'est préparatrice de commande, puis reprise du travail, mais sans trop de clients, parce qu'ils ont pris cette pratique habitude de faire tous leurs achats en ligne, ce qui fait que les conseillères de mode vont devenir, petit à petit, une espèce en voie d'extinction et les magasins, des reliques d'une coutume sociale révolue. Puis, étant donné qu'elle a demandé une mutation pour se retrouver dans le même magasin que Rosette, qui travaille dans un centre commercial, refermeture de son magasin, alors qu'elle venait à peine de reprendre un rythme quasiment normal, de se réhabituer aux horaires. Et la voilà de nouveau préparatrice de commande. Et la boucle est bouclée.

Je pense que la situation actuelle va faire se décupler les vocations de préparateurs de commandes. C'est un métier d'avenir. Toi qui fais des études en restauration et qui pensais depuis peu à changer de voie, tu devrais commencer à y réfléchir. Si j'étais toi, je ne prendrais pas trop de temps, pour réfléchir à changer de voie. Tu seras arrière-grand-mère dix fois et tu auras changé de poisson rouge une centaine de fois que le restaurant dans lequel tu voulais travailler ne sera toujours pas ouvert au public.

Dans dix ans, quand tu demanderas à ta fille ce qu'elle voudra faire plus tard, elle te répondra, les étoiles plein les yeux « Mais préparatrice de commande bien sûr ! », comme si ta question n'avait vraiment aucun sens et que la réponse était évidente. Alors oui, peut-être que dans dix ans, quand nous aurons subi une vingtaine de confinements, quand les boutiques seront définitivement interdites d'accès au public et que le seul moyen de faire du shopping sera de commander sur ce magnifique outil qu'est Internet, quand le financement d'un smartphone sera remboursé par la CAF et que son achat sera rendu obligatoire par l'Etat sous peine d'amende, parce que sinon, tu ne pourras plus rien acheter du tout et ça, ce n'est pas bon du tout pour l'économie, quand ta fille aura son cours en Visio sur Zoom pour son parcours d'orientation, avec sa CPE en claquettes chaussettes, pour enchaîner après avec son cours d'EPS, toujours en Visio sur Zoom, quand des robots se déplaceront dans la rue pour prendre la température des passants, quand tu ne pourras plus aller acheter du pain si tu n'as pas montré un test négatif de moins d'une heure, quand tu ne pourras plus démarrer ta voiture si tu n'as pas été testée depuis moins de 24 heures, quand ta candidature à un emploi dans ta région ne sera retenue que parce que tu as été vaccinée, quand les restaurants seront devenus des musées, quand ton chien sera éduqué à détecter tout cas de covid chez toi et les membres de ton foyer, quand tousser sera interdit dans la rue, quand des groupuscules seront organisés pour la liberté d'éternuer en bande organisée, quand tu te rappelleras avec nostalgie ce temps où porter un masque chez soi n'était pas la norme, quand tous les supermarchés seront équipés de distributeurs pour chaque rayon et que toutes les caisses seront automatisées pour éviter un maximum de contact, quand l'asociabilité sera devenue une qualité majeure et reconnue, quand le couvre-feu sera à 14 heures et ce, toute l'année, quand les maisons seront équipées de serrures connectées pilotées à distance pour empêcher toutes personnes de sortir en cas de confinement, quand dénoncer son voisin qui ne se sera pas laver les mains dix fois dans la journée sera récompensé, quand la véritable richesse sera de pouvoir payer pour enlever son masque 1 heure en extérieur, alors là oui, peut-être que préparatrice de commande sera un véritable métier d'avenir qui te permettra d'acheter dix villas avec piscine.

En attendant, tu prépares tes cartons en sirotant ton café, en te disant que ton année est une grande parenthèse (vous savez, comme celles que j'ai insérées un peu partout). Quelqu'un s'est amusé en appuyant sur le bouton pause et tu te dis, qu'au bout d'un moment, tout devrait repartir à la normale. Après tout, tu n'as pas envie qu'un jour un robot te coure après parce que tu ne veux pas qu'il prenne ta température pour la cinquième fois de la journée. Tu n'avais pas envie de devoir contrôler la vaccination de tes clients et pourtant tu vas y avoir droit, alors tout est permis. Les robots vont peut-être vraiment voir le jour. Ou bien les dinosaures vont ressusciter. Ou bien des robots-dinosaures prenant ta température vont voir le jour.

Bref.

En attendant, tu peux rajouter sur ton CV une ligne pour : préparatrice de commande.

Tu l'auras compris, la covid, comme on se doit de l'appeler maintenant (bien que je n'arrive toujours pas à me faire à la féminisation de ce mot), a changé bien des choses dans la vie d'Ornella et de ses collègues. Comme dans la vie de tout le monde. Peut-être que quand tu liras ceci, l'humanité aura complètement disparu, zombifiée par un covid mutant. Ou peut-être que le vaccin nous aura fait comprendre à tous que la Terre n'est pas une poubelle géante où l'on peut tout faire, peut-être qu'en fin de compte, le vaccin est une invention formidable des plus grandes puissances pour nous rappeler que c'est nous les poubelles géantes qui avalons de la merde à longueur de journée, qui faisons de la merde la plupart du temps, et qu'il serait enfin temps de se rendre compte qu'il est complètement stupide de détruire la planète sur laquelle nous vivons tous, bien étriqués comme des sardines dans une boîte à mesure que les femmes pondent leurs bébés (on n'oublie pas d'appeler les associations du type : stop aux stéréotypes machistes). Ou peut-être que le vaccin n'est que du sérum physiologique. Ou peut-être que, quand tu liras ceci, le covid aura simplement disparu. Et que les licornes et les Jack Russel domineront le monde. Ou peut-être, qui sait, les Jack Russel ont déjà dominé le monde et j'écris ceci sous la dictée d'un des leurs.

Peu importe.

Ce chapitre ne devait pas voir le jour, puisque quand j'ai commencé ceci, tout allait bien.

Mon magasin se portait bien.

Les projets filaient de toute part. Mais ça, c'était avant. C'est comme ça, les choses évoluent. Je n'ai pas trop envie d'en rajouter sur ce sujet, il me semble que j'en ai déjà trop dit, pour un sujet oppressant qui ruine nos vies (tu le sens bien le ton mélodramatique ?). Et surtout, si je continue sur cette lancée, ce livre sortira de son sujet de départ et ce n'est pas du tout le but. Sèche donc cette larme que je vois perler sur ta joue, toi là, bien emmitouflée dans ton plaid avec ton poisson rouge qui ne sait plus quoi faire pour te réconforter. N'oublie pas que je te raconte ma vie de conseillère de mode, alors pas la peine de pleurer, ce n'est pas comme si je t'avais annoncé que Jack allait se congeler les miches pour sauver Rose qui n'avait qu'à se pousser un peu pour lui laisser de la place sur leur radeau de fortune mais bon, que veux-tu, les femmes aiment leur confort.

Allez, oublie ce chapitre maussade, prend un cocktail et trempe tes pieds dans la piscine (tu as ton pass sanitaire ?), moi je te laisse je vais finir de boucler mes colis. Il faut que je me dépêche, les Jack Russel ne sont pas des clients patients.

8
Fin

Il est temps de conclure tout ça.

On fait le bilan, calmement.

Est-ce que, toi qui as lu de la première à bientôt la dernière ligne, tu tires une conclusion de tout ceci ? Je devrais te dire que oui, il y'a bien une conclusion à tirer de tout ce que je t'ai raconté, sinon, pourquoi l'avoir fait ? Pourquoi avoir, pour moi, perdu du temps à déblatérer tout ça et, pour toi, perdu du temps à avoir lu tout ça, si au final, il n'y a rien à en tirer ?

Laisse-moi le temps de réfléchir.
Encore un peu.
Encore une seconde.

En fait…

Non, il n'y a pas vraiment de conclusion à tirer de tout ceci.

Je voulais juste partager avec toi, avec toi aussi, et toi, et vous, mes idées, mes ressenties et mes expériences. Je voulais vous faire sourire, vous raconter un peu ma vie, vous faire rentrer dans mon univers.

Oui, il est vrai que ce n'est pas aussi intéressant que la vie de Thomas Pesquet au sein de la Station spatiale internationale. Ou de la vie des 15 volontaires confinés dans une grotte en Ariège. Mais après tout, je me dis que si tu en es arrivée (ou si tu en es arrivé, au masculin. Je n'aime pas l'écriture inclusive, c'est pour ça que j'ai mis encore une parenthèse) jusque-là, j'ai dû un minimum capter ton attention.

Alors je vais te laisser vaquer à tes occupations, toi qui as lu de la première à bientôt la dernière ligne, je vais te laisser fermer ce livre et le ranger dans ta bibliothèque, dans ton sac, sous le pied de ta table basse ou même à la poubelle si tu veux, et je vais te dire « à la prochaine ». Peut-être qu'un jour tu passeras dans mon magasin et que tu te souviendras de ce que je t'ai raconté. Peut-être qu'un autre jour, tu iras dans un autre magasin, et tu croiras y reconnaître Ornella, Lucienne ou encore Kimberly.

Tu peux fermer livre, tu viens d'en lire le dernier mot.

Imprimé en France
Achevé d'imprimer en mai 2022
Dépôt légal : février 2022

Pour

Le Lys Bleu Éditions
40, rue du Louvre
75001 Paris